ハヤカワ文庫JA
〈JA1323〉

プラネタリウムの外側

早瀬　耕

早川書房
8156

目　次

プラネタリウムの外側

有機素子ブレードの中

ぼくは、思わず声にしてしまった。自己紹介をしたばかりの異性に対して、失礼極まりないひと言なのは確実だ。しかも、相手は魅力的な女性だ。彼のアルゴリズム上、そう思ってしまったのは仕方ないとしても、それを彼女に伝える必要はまったくなかった。

「つまらない」

数時間前、十二月の下関駅《しものせき》で、すべてが個室の寝台列車に乗り込むところだった。下関から釧路まで、本州は日本海側、北海道内の多くは太平洋側の路線を通る三泊四日の旅程だ。JR各社と、新幹線の開通によって第三セクターとなった鉄道会社が、航空会社に線路を貸すという方式で、その運営開始から鉄道ファン以外にも人気の高い寝台列車だった。

企画の発表当初は、「なぜ、航空会社が鉄道事業に?」と疑問視する紹介記事もあった。

蓋を開けると、その寝台列車のチケットは、パッケージ・ツアーの出発地から寝台列車の発着駅までは、その航空会社のフライトを利用しないと購入できない仕組みだった。

ぼくは、札幌に用事があったので、まず下関に空路で移動し、寝台列車に乗った後の帰路は釧路から丘珠、千歳から羽田までのパッケージにして、札幌でのストップ・オーバーをオプションで加えた。旅行代金は、一番安い個室で合計五十五万円程になる。無職の身には贅沢かなとも思うが、寝台列車内の食事は料金に含まれていて、札幌市内では航空会社の系列ホテルを格安で利用できる。大学の非常勤講師の契約が切れて、次の仕事を見つけるまでに気分転換をしたかったこともあり、ちょうどいい旅行だった。

午後三時の下関駅は、傾いた陽射しに照らされていた。西方向には、関門海峡へと続く線路があり、その寝台列車は一番北側のホームにゆっくりと入線する。ドアが開くと、各車両で制服を着たスチュワードが乗客を迎える。

ぼくの前で車両に乗り込んだのは、三十代前半と思《おぼ》しき女性で、大きなスーツケースを抱えていた。彼女は左手の薬指と小指に包帯を巻いていて、スチュワードが荷物を車内に持ち上げるのを手伝っている。ところが、彼が手伝ったのはそこまでで、狭い通路を通って、二階建ての個室の上下に分かれるところで彼女は立ち止まってしまった。

「どっちですか？」

ぼくは、左手の薬指が包帯で隠れているのが微妙だなと思いながら、一階と二階に向かう階段を交互に指差した。

「あっ、二階です」

「手伝いましょうか？」

「ありがとうございます」

ぼくは、ボストンバッグを肩にかけて、彼女のスーツケースを階段の上に持ち上げる。

「あとは自分でできます」

彼女は、階段を上ったところで、立ち止まって言う。見知らぬ男に部屋番号まで知られるのは、いやだったのだろう。ぼくは、彼女より先に自分の部屋に入った。

その時点では、彼女と親しくなることを考えていなかったから、名乗ることも名前を訊くこともなかった。それよりも、長い列車旅の出発に合わせて、車窓に向かってひとりで乾杯をしたかった。土産物屋で買ったカップのひれ酒は、底の紐を引き抜くと五分ほどで熱燗《あつかん》になるらしい。寝台列車が出発するまで十分程の間に、窓際の小さなテーブルにカップ酒と、ふくの皮を並べた。

列車が動き出すと、スチュワードが検札とともに、夕食の希望時間を訊きに来る。

「今夜は、部屋で弁当にします」

「お弁当ですと、だいたい十九時にお持ちすることになります。お飲み物は、何を召し上がりますか？」

「赤ワインをお願いします」

「かしこまりました」

ぼくの部屋は、本州内は海側を走ることになるので、山側になるかもしれない食堂車の席を予約するよりも、部屋で日本海を眺めていたかった。

「バー・タイムは何時からですか？」

「九時からになります」

「予約は可能ですか？」

「申し訳ありません。バー・タイムは、予約を承《うけたまわ》っておりません。これまでですと、十一時過ぎにはたいてい空席がございます」

「分かりました。ありがとう」

夕食までの時間を、ぼんやりと日本海に沈む夕陽を眺めて過ごした。山陰本線は単線区間が多く、列車はところどころで対向列車とのすれ違いの停車をする。それが、ちょうどいい喫煙時間となった。松葉蟹《まつばがに》の炊込みご飯がメインの重箱と、赤ワインのハーフボトルを空けて、ぼくは微睡《まどろ》んでいたらしい。気づくと、車窓はすっかり夜になっていて、時間は十一時少し前だ。このまま寝てしまおうかと迷うが、せっかくだからと思い直し、顔を洗ってからバー・タイムの食堂車に向かった。

海側のテーブルに座って、キールを注文する。車窓には風花《かざはな》が舞っている。夜の日本海は、ときどき波頭が見えて、バーの壁に掛けられた絵としては悪くない。キールの後はワインにしようと決めて、メニューを開いて肴《さかな》を探す。焼き鯖《さば》のサンドイッチが美味しそうだ。

「相席してもいいですか？」

給仕の手が空くのを待っていると、声をかけられる。食堂車内を見回すと、テーブルはそこそこ埋まっている。声の主は、下関で荷物を運ぶのを手伝った女性だった。

「どうぞ」

「ありがとう」

「そっちの席、進行方向と逆だけれど、替わりましょうか？」

「わたし、気にならないから大丈夫です」

下関で着ていたダウンジャケットを脱いだ彼女は、白のカット&ソーンに緑色のカーディガンを羽織っていて、第一印象より若く見えた。

「何か、お薦めはありますか？」

彼女の言葉に、一瞬、女性に渡されるメニューには値段が書かれていないのかと思ったが、それはぼくがテーブルに置いたままにしたものだった。

「さぁ？　ぼくも、この寝台列車は初めてだから」

「そうですよね」

彼女は、微笑みながら、給仕に向かって包帯の巻かれた左手を挙げる。

「この出雲《いずも》日本酒飲み比べセットと、宍道湖《しんじこ》七珍《しっちん》のおつまみセットをください」

「ぼくには、赤ワインのボトルと、焼き鯖のサンドイッチをお願いします」

「かしこまりました」

給仕が去って、ぼくは自己紹介をする。

「キタカミ・ワタルと言います。北上《ほくじょう》のキタカミに、さんずいに歩く」

「それで、下関から？」

ぼくは、「気づきませんでした」と笑って答えた。札幌の用事しか考えていなかったけれど、言われてみれば、そのとおりだ。そのとき、この数年間、ときどき感じる「つまらなさ」が芽生えたのかもしれない。宍道湖七珍にしても同じだ。ぼくも、そのメニューには惹かれた。けれども、それを選ばなかったのは、彼が「宍道湖七珍」という言葉だけを知っていて、きっと松江を訪れたことがないせいだろう。知らない味を言葉にするのは難しい。その気持ちは、ノイズのように、ぼくの思考回路に不快感を与える。

そんなことを考えながら、彼女の自己紹介を聞く。

「オナイ・カナと言います。オナイは、尾張の内側。カナは、佳作の佳に、奈良県の奈です」

「つまらない」

　彼女が驚いた表情に変わったとき、給仕が、テーブルに五つのお猪口《ちょこ》を載せた盆を置いて、それぞれの銘柄の説明を始める。おかげで、ぼくは失言をすぐに取り消す機会を逸した。給仕の説明の間、気まずい雰囲気がテーブルクロスの上にひろがる。

「ごめんなさい。失言でした。君のことを言ったわけではなくて……。あっ、ティスティングはしないから、そのまま注いでくれて構いません」

　給仕は、途切れた会話には関心を示さずに、ワインのティスティングを勧める。ぼくは、一刻も早く、失言を訂正したくて、それを断った。

「ごゆっくり、お召し上がりください」

　決まり切った文句とともに給仕は去っていくが、それまでの間に、テーブルクロスにこぼれた見えない赤ワインは取り返しのつかない状況になっていた。できることなら、テーブルクロスを新しいものに替えてほしい。

「わたしのことを言ったわけではなくて、何ですか？」

「その、どう言えばいいのか……」

「おひとりの方がよければ、乾杯の前に、別のテーブルに移ります」

　彼女にそう言われても反論の余地がない。

「できれば、乾杯をして、一緒に飲んでくれませんか？　決して、尾内さんに『つまらない』と言ったわけではないし、簡単に説明できることでもないんだ」

　ぼくは、しどろもどろに言い訳をした。彼女が乾杯に応じてくれなければ、明日からの食事は、すべて部屋に運んでもらうことにしよう。次の科白《せりふ》を考えているうちに、給仕が、宍道湖七珍とサンドイッチを運んできて、料理の説明を始める。そのタイミングのよさに、また「つまらない」と思ってしまう。さすがに、二度目は声にしなかった。

「じゃあ、とりあえず」

　料理の説明が終わると、彼女は、一番左側のお猪口を持ち上げて、乾杯に応じてくれる。

「ありがとう」

　ぼくは、ワイングラスを持ち上げて、ぎこちなく乾杯をした。

「それで、何がつまらないんですか？」

　給仕の説明で、無罪放免になったわけではないらしい。ぼくは、食堂車内を見回して、適当な数字を探す。製造番号なのだろう、壁に「東急車両 1117」のプレートを見つける。

「あそこのプレートに、1117っていう番号が記されている」

　彼女は、怪訝《けげん》そうな表情で振り向いて、それを見る。

「その数字なんだけれど……」

　ぼくの言い訳を、彼女がさえぎる。

「北上さんは、手品師ですか？」

今度は、ぼくが首をかしげる番だった。

「はぁ？」

「わたしの誕生日です」

「何が？」

「十一月十七日が」

ぼくは呆れた。もうちょっと、ましなアルゴリズムは組めないのか、と思う。

「今日、羽田から山口宇部空港に来るフライトが一二〇一便だった」

「十二月一日が、北上さんの誕生日なんですか？」

彼女は、硬かった表情をほぐして、珍味の小鉢に箸を運ぶ。

「違います。けれども、どちらもプライム・ナンバーです」

「プライム・ナンバー？」

「素敵な数の素数」

「中学校で習う素数？」

ぼくはうなずいて、やっとサンドイッチをひとつ食べた。

「それがどうかしたんですか？」

「ぼくは、車のナンバープレートとか、そういう数字が気になるんだけれど、ランダムのようで、ランダムじゃない。羽田空港に行くときのバスのナンバープレートも、5413で素数だった。ちなみに、昨日、目に付いた四桁の数字は、素数に二を足した奇数ばかりだった」

「それで？」

「こんなことを言うと、病院に行った方がいいって言われそうだけれど、ぼくの世界はつまらないんです」

「わたしの名前も、ってこと？」

「そう。別れた妻の旧姓が中井で、名前が奈央だった」

彼女は、二つ目のお猪口を手にして、首をかしげる。

「気づかないかな……、尾内さんの逆だ」

ぼくは、紙ナプキンをひとつ取って、そこに「オナイカナ」と書いてみせる。

「すごい偶然ですね」

「偶然？」

「だって、北上さんの元奥様とわたしの名前をつなげると回文になって、たまたま同じ寝台列車の同じ車両に乗り合わせて、しかも、食堂車に来たら北上さんがいて、わたしの誕生日を当ててくれる。手品師でも、そんなことはできないと思う。どこがつまらないんですか？」

ぼくは、ワイングラスを空ける。給仕が別の仕事をしているのを確かめて、彼女がワインを注いでくれる。

「偶然のように見せかけた世界だとしたら？」

「どういう意味？」

「もし尾内さんが小説家だとすれば、前妻の名前を逆さにした名前の女性と知り合う機会なんか作るかな？」

彼女は、また怪訝な表情に戻る。

「また、不愉快なことを言った？」

「わたし、小説家を目指しているの。こないだ、やっと新人賞の二次選考まで残ったんです」

「そう」

ぼくは、また「つまらない」と言いそうになるのをこらえた。思考回路のノイズが多い夜だ。

「どうして、そんなにわたしのことを知っているの？」

彼女が、ぼくをストーカーだと勘違いしなかったことは幸運かもしれない。

「知らない。いま初めて聞いた。で、尾内さんは、小説の登場人物の名前をどうやって決めますか？」

「うーん……。まぁ、芸能人とか知り合いとかと重ならないようにします」

「川崎《かわさき》さんの恋人が蒲田《かまた》さん、なんてことは、しないよね」

「どうしてですか？」

「川崎の次の駅が蒲田だから」

「わたし、東京に住んだことがないので分からないけれど、そういう名前のつけ方をする人もいるみたいですよ」

ぼくは、彼女が札幌に住んでいるのでなければ、この関係は今夜の食堂車で終わりだなと予測する。これまで、親しくなった友人は、札幌か東京の近郊に住んでいるか、そこが出身地だった。きっと、彼は、そこしか詳しい描写をできないのだ。もちろん、それ以外の土地に住んでいた知人もいる。でも、そういった知人とは、せいぜい、居酒屋で仕事の愚痴を並べるか、最近見た映画の話をする程度だ。決して、その出身地にかかる昔話はしない。それは、インターネットの地図サービスが、現在のものだけで、過去の情報に遡《さかのぼ》れないからだろう。

「ぼくは横浜なんだけれど、尾内さんは、どこに住んでいるんですか？」

「仙台です」

頭の中で、仙台から下関と釧路の空路を検索する。どちらも直行便はなさそうなので、往復で計四便のフライトを使うのだろうか。

「この寝台列車に乗るのは、結構、たいへんだね」

「ええ、そうなんです。羽田起点のツアーにして、東京と仙台間は新幹線です」

「鉄道ファン？」

「そういうわけじゃないんだけれど、小説のネタにしようと思って、大奮発です」

「二次選考まで残ったお祝い？」

「えっ？　よく分かりましたね。心の中を見透かされているみたい」

彼女の笑顔を眺めながら、ノイズに堪《た》える。ぼくは、アルゴリズムを設計したり、プログラミングをした経験がない。それでも、会話を進めるアルゴリズムは、否定をするより肯定をしてしまう方が簡単な構造だろうと想像できる。

「たぶん、尾内さんの顔に、そう書いてあるんだ」

「そうかなぁ」

彼女は、三つ目のお猪口を空ける。ぼくは、偏頭痛にも似たノイズを抑え込んで、彼女との時間を楽しんだ方が得策じゃないかと、自分に言い聞かせる。明日は早朝に富山に着いて、半日、市内観光の時間がある。冬の街を歩き回るのが億劫《おっくう》で、喫茶店で本をのんびり読むつもりだったが、それをこの場で決めてしまうよりは、彼女を散策に誘ってみる価値はあるだろう。

（せっかく、最初の失言を切り抜けたんだからさ）

ぎこちなかった会話から敬語が減っているし、他者の存在に対する懐疑を打ち消してしまうくらい、日本酒でほろ酔いの彼女は魅力的だ。

「何、ぼんやりしているんですか?」

「尾内さんみたいな人と知り合えたのは、ラッキーなのかなって考えていた」

「幸運じゃない要素は、北上さんの彼女への後ろめたさ?」

ぼくは、笑った。

「いま、特定のガールフレンドはいない」

「不特定多数の彼女はいるってこと?」

「ひとりもいない」

ぼくは、反射的に答えている。事実ではあるけれど、まるで、彼女の質問が事前に用意されていたような気もしてしまう。

「で、川崎さんと蒲田さんの話なんだけれど、ぼくの周囲は、そういう都合のいい知人ばかりなんだ」

「ふーん……。こういう会話の流れとしては、わたしの彼氏の数を訊くのが普通じゃありません?」

彼女が、いたずらっぽく笑う。

「そうだね。えーと……、尾内さんは?」

「特定の彼氏はいません」

「こういう会話の流れでは、『よかった』って言うのが妥当なのかな？」

「不特定多数の彼氏はいるかもしれないのに？」

「彼氏はいなくても、旦那さんがいるかもしれないしね」

ぼくは、彼女の左手の包帯を指して苦笑する。

「なるほど、そう来ましたか」

「うん、変化球を投げてみた。でも、人の怪我を話のネタにするのは失礼ですね」

「小説家のいいところって、知っている？」

ぼくは、首を横に振る。

「いやなことがあっても、これも話のネタになるって思えば、やり過ごせちゃうんです」

「いやな思いをさせてしまったら、ごめんなさい」

謝ってみるものの、彼女の表情から不愉快な雰囲気は読み取れない。

「ううん、北上さんの言葉でいやな思いはしなかったので心配無用です。ただ、そういう言葉を想像していなかったから、怪我の功名だなって、嬉しくなっただけです。やっぱり、左手の薬指って特別ですか？」

「まぁ、普通はそうじゃないかな」

「でも、一盗二卑って言いますよ」

「イットウニヒ？」

「男の人が喜ぶ順番です。一盗二卑三妾《さんしょう》……次は何だったかな。とにかく、五番目まであって、最後が奥さんです」

「どんな漢字を書くの？」

彼女は、紙ナプキンに「一盗（人妻）・二卑（メイド）・三妾（愛人）・四？・五妻《ごさい》」と記す。

「四は、後で調べておきます」

「何だろうね……。女性が喜ぶ順番は？」

「さぁ、そういう成句は知りません」

「女性は、同列ってことかな」

「そんなことはないですけどね。いやなものはいやです」

「男だって、いやなものはいやだよ」

台本が用意されていたかのように、滑らかに会話が進む。

「北上さんは、どんなお仕事をしているんですか？」

「いまは無職。釧路に着いた後、札幌に移動して、就職の面接を受ける予定」

「何の面接？」

「私立大学の講師」

「ってことは、学者ですか？」

「まぁ、そういうことになるのかなぁ」

彼女は、いつのまにか空いていたグラスにワインを注いでくれる。

「すごいですね」

「世間が思うほど、よくないよ。PhDは持っていても、年収を聞いたら、たいていの女性は、ぼくに興味をなくす」

来年には三十四歳になるというのに、非常勤講師を掛け持ちしても年収は三百万円に達していない。大学受験の予備校で講師のアルバイトをしなければ親離れもできなかった。

「ふーん。専門は何ですか？」

「心理学」

正確には自死者の心理学だが、こういった席では適当な話題ではないだろう。

「なんだか、すごく頭が良さそう」

「どうかなぁ。偏《かたよ》った知識を持っていることと、頭が良いのは違うし、ずっと大学の中にいるから世間知らずだよ」

「わたしって、結構ついているな。寝台列車のバーで心理学者に口説《くど》かれる。『事実は小説よりも奇なり』だと思わない？」

「そう？　それが、全部、小説の中の出来事かもしれない」

「どういう意味？」

「ぼくたちは、彼が書いた小説の中の登場人物かもしれない、ってこと」

「彼って？」

「この物語の外側にいる小説家」

そう言葉にした途端、思考回路のノイズが大きくなる。

♭

「浮かない顔して、どうした？」

パソコンのモニタ画面を眺めていたぼくに、同僚の南雲《なぐも》が声をかけてくる。

「ん？　このE‐271のブレードだけ、どうも演算処理が速すぎるんだよな」

「おまえ、まだ、それをやっているの？」

「これが成功すれば、アルバイトの数を半分以下にできる」

「そうかもしれないけどさ、いまは青色申告書を作る方を優先してくれ」

南雲の指摘はもっともだ。ぼくは、モニタを表計算ソフトに切り替えて、領収書の仕訳を再開する。

ぼくと南雲が、インターネットを利用した副業を始めて二年になる。利用客は、インターネットの向こう側にいる異性（希望によっては同性）と、パソコンや携帯電話の画面でチャット（テキスト・トーク）を楽しむ。チャットは、送信するパケット数によって課金される。女性客も二割程度いるが、ほとんどは男性で、相手の選択も異性であることが多い。こういったサイトでは一般的なことだが、利用客の男女比率が均衡しないので、女性の大半は所謂《いわゆる》「さくら」と称するアルバイトだ。

同様のサービスでは、ヴィデオ・コミュニケーションを可能にしているものもあるが、ぼくたちは、あえてそれを避けている。また、ヤマハが開発した「ボーカロイド」の合成音声技術を用いて、テキスト・トークではなく音声会話にすることも可能だが、それも使用していない。実際の人が発する言葉は、イントネーションで意味が逆転してしまう場合があるのと、日本語の特徴として漢字を使用する書き言葉の方が、受信側の会話プログラムで文脈の把握が容易だからだ。

たとえば、利用者の音声が「アノミセノリョウリ、オイシクナイ」と認識されたとき、「美味しいよね」と同意を求めているか、「まずい」と不満を述べているのかを、語尾のイントネーションで判断しなければならない。テキスト・トークで前者の意図だった場合、たいていは「あの店の料理、美味しくない？」と、利用者は「？」マークを付けてくれる。これだけで、会話プログラムの文脈を把握する精度が向上する。

チャットでの会話が弾《はず》めば、相手の容姿が気になり始めるが、イメージ・データの送受信は認めていない。男性の中にはポルノ画像を要求するケースもあり、そういった利用客は顧客セグメントとして外したいというのが、南雲の意向だった。売買春を目的とした

（あるいは転用できる）SNSサイトは、他にいくらでもある。

一年目は、せいぜい三百人程度の利用客しかつかなかったが、今年は、常に一千人以上の利用客を確保している。ひと月に数万円もの金を遣うケースもあるが、平均客単価は概《おおむ》ね月間八千円だ。千人の固定客を確保できれば、月間売上高は一千万円近くになり、年商一億円以上の立派な中小企業だ。ここのところ、ぼくと南雲だけでは利用客とアルバイトのカップリングを捌《さば》ききれなくなって、来週にはポスドクの女性をひとり、研究室の教授には目的を言わずに雇うことにしている。

こういったビジネス・モデルは、インターネットが普及する以前にも、ダイヤルQ^2（NTTが一九八九年から二〇一一年まで提供していた有料情報サービス）が、似たような目的に利用されていた。さらに、古い雑誌には「ペンパル募集」という欄があったことを考えれば、あまり褒められた商売ではないにしろ、恒常的な需要があることは歴史が証明している。

ぼくと南雲は、あえて純粋なチャットを楽しめるだけのシステムを構築した。それでも、マーケットで優位性を持っているのは、専攻であるチューリング・テストを応用したアルゴリズムを開発したところにある。

まず、マーケットを、リストバンド型のウェアラブル・コンピュータの利用者に絞った。利用客は、異性とのチャットを楽しむために、リストバンドと連携する専用アプリケーションをダウンロードする。それを腕に装着しているときだけ、パソコン等のデバイスで、サイトへのログインが有効になる仕組みだ。これは、インターネット上で課金を行う際、第三者にアカウントを乗っ取られないためのセキュリティ対策という謳《うた》い文句で宣伝している。リストバンドとパソコン等を同時に紛失する確率はかなり低いので、利用客からこの件について問い合わせを受けたことはない。

もっとも、それは表向きの理由だ。リストバンド型のウェアラブル・コンピュータには、通常、活動量計が付いており、利用客の脈拍を測れる。これと、キーボードの打鍵スピード、誤字率を組み合わせることによって、利用客の心理状況をある程度まで把握できる。たいていの同業者は、このビジネスで固定客を掴むことに四苦八苦している。まともに利用客が異性と出会えるようにすれば、恋愛関係が成立した時点でサイトを使う目的がなくなり、固定客にならない。また、「さくら」を使っていることは利用客も薄々感じているが、彼（女）らの離れていった理由は、クレジットカードの請求を見て「その場の勢いで、金を遣い過ぎてしまった」と反省し嫌気が差したことだ。これは、インターネット・サイトに限った話ではない。現実世界の異性客を相手にするビジネス（キャバクラとかホストクラブ）でも同じだ。利用客から一気に金を捲き上げて、相手の資金が底を突いたら「はい、さようなら」というビジネス・モデルもあるが、これは長続きしないし、風俗業を専門にしている業者から目をつけられるリスクもある。

だから、ぼくたちのサイトでは、「その場の勢いで、金を遣い過ぎてしまった」という反省をさせない。利用客の心理状況を把握することで、アルバイトの「さくら」に会話の中断を促す。

もうひとつは、女性の話し相手を求める男性客を例にすると、「理想の女性像」というものを、アルバイトの女性は知らない。「理想の女性像」を熟知しているのは、女性ではなく男性だ。仮に知っていたとしても、チャットだけでは、どのタイミングから男性客が求める「理想の女性像」としての受け応えをすればいいのかを摑むことは難しい。

そこで、ぼくたちは、データとして送られてくる男性客の心理状況とチャットの内容から、受け応えの例文を作成するアルゴリズムを開発し、アルバイトのパソコンに、それを送信する。このことによって、男性客は、チャットの相手を「自分のよき理解者」として認め、醒めた利用客でも「さくら」にしてはまともだなと思うことができる。

また、チャットであっても、たいていの利用客は、最初から「ため口」を遣うのをいやがる。かといって、いつまでも「ですます」調では、相手に親しくなりたいという気持ちがないものと思ってしまう。この言葉遣いの切り替えのタイミングも、プログラムが受信する心理状況から計算する。「さくら」の女性は、男性との会話に慣れていなくても、例文を参考にして、相手を退屈させず、「また話し相手になってほしい」という状況を作り出せる。

利用客が好きな映画監督の話を始めたとする。それとほぼ同時に、会話プログラムは、その利用客の好きそうなシーンを、インターネットから検索してアルバイトにURLを送信する。アルバイトは、観てもいない映画について「あのシーンって、良かったですよね」と話を進められる。

その他に、「さくら」が利用客に合わせて年齢や性別を偽っている場合でも、プロフィールに合致する会話をできるような回答例を作成する。

言い換えれば、一流のホステスないしホストとの会話を、現実世界の店舗よりも安価に、インターネット上で提供している。けれども、実際に、利用客がインターネットを介して会話をしているのは、ぼくと南雲が開発したアルゴリズムだ。

ぼくたちは、助教として在籍している大学にある有機素子コンピュータの中に、会話システムを構築した。そのコンピュータは、一九九〇年代に、ある研究所で構築された後、使い道がなく大学に払い下げられたものだと聞いている。用途がなかった理由はいくつかある。開発当初こそ、メインフレームと呼ばれるサーバーよりも演算能力が高かったそうだが、現在では数十倍の演算能力を持つコンピュータが安価に手に入る。その研究所では人工知能の研究開発を行っていたという噂があるけれども、いまとなっては、その分野の主流は量子コンピュータの開発と応用だ。

そして、このコンピュータが使われなくなった最大の原因は、演算を行うプロセッサと、データを記録するストレージが明確に分かれておらず、あるプログラムに同じデータを入力しても、得られる解に「ぶれ」があることだった。

学内でもお荷物になっている有機素子コンピュータの使用許可は、『チューリング・テストにかかる応用研究』という名目で、簡単に取得できた。ぼくたちは、このコンピュータの特性である「ぶれ」を利用して、会話のアルゴリズムを設計した。

チューリング・テストとは、数学者アラン・チューリングが考案した「機械が知性を持ったことを判定するテスト」だ。会話アルゴリズムを搭載した機械（コンピュータ）と人間の参加者が隔離された空間にいて、もうひとりの人間（判定者）が、コンピュータと参加者に対してテキスト・トークを行う。このとき、判定者が、コンピュータと参加者のどちらが人間かを見分けられなければ、そのコンピュータは知性を持ったとされる。それが「知性なのか」という点では、南雲と意見が分かれる。南雲は、たぶん、他者の存在を信じているのだろうが、ぼくは、他者の存在を信じ切っていないので、人間と見分けのつかない会話をできるコンピュータなら、それを「知性」と認めてもいいと考えている。

公開されたチューリング・テストには『ローブナー賞』というコンテストがあり、二〇一四年、「十三歳の少年」と設定したロシア製コンピュータが、審査員の三十パーセントを「少年」だと誤解させることに成功し、初めて「合格」の称号を勝ち取った（奇《く》しくも、二〇一四年は、アラン・チューリングの没後六十年という節目の年だった）。ぼくは、この「十三歳」というあたりが、成功の一因だと思う。通常の会話は、理性的あるいは理論的なようで、感情に左右されながら進む。だから、決まった解しか導き出せないアルゴリズムでは、長時間、会話を続けると違和感を持たれてしまう。けれども、隠れた会話の相手が十三歳の少年という設定であれば、大人である審査員は「彼は緊張していて、通常の精神状態ではない」という先入観を持っても不思議ではない。それが、違和感を打ち消した理由ではないかと思う。

「南雲、トロントの学会出席の領収書、こっちの経費にするつもりか？」

ぼくは、机を挟んで、同じ作業をしているであろう彼に言う。航空運賃の領収書を見るかぎり、彼はビジネスクラスで優雅に日本とカナダを往復している。

「研究開発費ということで、処理できないかな」

「研究室からも出張旅費が出ているんだから、二重計上だ。南雲の確定申告で、処理してくれ」

大学にも研究室の教授にも言っていないが、去年のぼくたちの年収は、それぞれ三千万円程度になる見込みだ。一昨年までは、他大学での非常勤講師で得た収入を合わせても、年収六百万円に達しなかったぼくたちが、いきなり五倍もの収入を得ていれば、税務署はそれ相応のチェックをしてくるだろう。

「で、ビジネスクラスは快適だったか？」

「ああ。横になっているか、飯を喰っているかだけだから、往復で二キロ太ったよ」

ぼくは、南雲に数枚の領収書を突き返して、嫌味を言ってみる。

「研究開発というのは、俺がいまやっているシステムの完全自動化のことだ」

「じゃあ、それが実現したら、三人でモルディヴにでも研修旅行に行こう。もちろん、経費でさ」

南雲は、あっさりと嫌味をかわす。

「三人？　南雲の彼女も連れて行くのか？」

「来月から、あのポスドクの人も、社員のひとりだろ」

ぼくは、「ああ、そうだったな」と思いながら、午後五時に、彼女の面接があるのを思い出す。書類選考の際、彼女の履歴書をざっと眺めただけだ。それまでに、領収書の仕訳を片付けて、履歴書を読み返したい。補正の痕跡がない証明写真に好感を持てたのと、博士号論文の題名くらいしか覚えていなかった。

4

翌朝、ぼくと尾内佳奈は富山駅構内のコーヒーショップで待ち合わせた。寝台列車の朝食は、乗客によって時間が割り振られていて、ぼくと彼女は別々の時間帯だった。富山での市内観光に、どうやって彼女を誘ったのかを思い出せない。待ち合わせの時間と場所だけは覚えていた。彼女は、先にコーヒーショップにいて、観光案内所にあったパンフレットを眺めていた。えんじ色のタートルネックのセーターが似合っている。

「おはよう。待たせた？」

彼女の方が、朝食の時間帯が早かった。

「ううん。それより、昨夕《ゆうべ》、酔っ払っていたみたいだけれど、大丈夫だった？」

ぼくは、うなずいてみるものの、彼女と連絡先を交換したのかも覚えていない。

「行きたいところは見つかった？」

富山の出発時刻は午後四時だったが、午前十時から午後一時までは、寝台列車内のルーム・メイキングの時間帯となっていた。

「市庁舎に展望台があるんだけれど、この天気だと魅力を感じないしなぁ。薬売りの歴史も、あまり興味ないし……。北上さんは？」

「うーん、尾内さんと同じ」

彼にしては、珍しい展開だなと思う。いまどき、インターネットの地図サービスを使えば、知り合ったばかりの男女が数時間を過ごす画像データくらい、簡単に作れそうだ。ぼくは、彼女が主導権を取って、観光案内をしてくれるものだと思っていた。

彼女から渡された観光案内のパンフレットをめくりながら、立山《たてやま》連峰の景色以外は観光資源に乏しい街だなと思う。新幹線で隣駅の高岡《たかおか》には、日本三大大仏のひとつに数えられる大仏があるということだが、それ以外の時間の過ごし方がない。もっとも、観光資源に乏しいということは、それだけ産業基盤がしっかりしていることの裏返しだろう。

「図書館かな……」

ぼくは、パンフレットの地図で図書館を指差して、彼女に見せる。

「いいかも」

初めてのデートで図書館に行くなんて、中学生みたいだ。考えてみれば、女性と図書館に行くのは離婚して以来の経験だ。ぼくたちは、上着を着て、コーヒーショップを出た。

外は雪が降っている。

「ところで、北上さんは、図書館と……、最初に行ったのはどっちですか？」

市電に揺られながら、彼女が思い出したように言う。車内のアナウンスにかき消されて、ぼくは、図書館の次の単語を聞き取れなかった。

「図書館と何？」

「図書館とプラネタリウム」

聞き取れなかったのは、周囲の騒音のせいではなく、その組み合わせが唐突だったせいかもしれない。

「天体シミュレーションのプラネタリウム？」

「そう。他のプラネタリウムってあるの？」

動物園と水族館、あるいは、博物館と美術館だったら、まだ分かる。けれども、図書館とプラネタリウムに、どんな関連性があるのだろう。

「覚えていない。どうして、図書館とプラネタリウムなの？」

「だって、似ていると思わない？」

「どこらへんが？」

「うーん……なんとなく。わたしは、プラネタリウムが先だった。それで、ガイドの人が『このひとつひとつの光は、地球に届くまで何万年もかかっていて、その光の周りには、地球のような惑星があったかもしれません』って言ったのを、まだ忘れられない」

会話の途中で、市電を降りる。図書館は、市電の停車場の目の前にあり、銀色の円柱形の建物だった。

「素敵な図書館だね」

館内に入ると、彼女が言う。中は吹き抜けになっていて、円柱の二階部分から先、約三十メートルが書架になっている。本を取り出す機械式アームが、円柱の内側に這うように設置された二重螺旋のレールを往き来していた。二重螺旋の必要性を感じないが、それもデザインの一部なのだろう。

「うん。機能的かどうかは分からないけれど」

入り口の利用案内を見ると、タッチパネルで読みたい本を指定すれば、機械式アームがその本を天高い書架から取り出してくるか、館内専用のタブレット端末に電子データがダウンロードされる仕組みになっているとのことだ。

「ねっ、図書館って、プラネタリウムに似ているでしょ?」

彼女が、書架を見上げながら言う。

「ここからは見分けもつかないくらいの背表紙のひとつひとつの中に、物語が詰まっているんですよ。かすかにしか見えない星のひとつずつに、何万年もの歴史があるように」

「なるほど」

ぼくは、彼女の言葉に、エントランス・ホールの中央で天を仰ぐ。

彼女の言うとおり、それは夜空に似ている。閉じられた物語は、まだ見つからない生命体がいる惑星のように、ぼくの世界には存在しない。けれども、そこには、理屈だけでは説明できない物語があり、誰かが扉を啓《ひら》くのを待っているのだろう。

「ぼくが先に連れて行かれたのは、どっちだろう?」

「北上さんも、きっと、プラネタリウムが先だよ」

「どうして?」

「経験則で、この気持ちを理解してくれる人は、たいていそうなの」

読書室に歩みを進めていた彼女が、振り向いて笑顔を見せる。ぼくは、エントランス・ホールのタッチパネルの前に立つ。書棚を前にすれば、手に取る本のひとつも見つかりそうだけれど、いざ、読みたい本を指定しろと言われると、何も思いつかない。仕方なく、著者欄に「オナイカナ」と入力してみるが、まだ彼女の書いた小説は本にはなっていないようだ。

（この方式じゃ、セレンディピティは期待できないな）

図書館でも書店でも、本当に読みたかった本は、探している本の隣にある。もっとも、いまのぼくは、そのセレンディピティにさえノイズを感じてしまうだろう。次に入力したのは「プラネタリウム」だった。いくつか挙がった候補の中から、一番退屈そうな小説を選ぶ。

『プラネタリウムの外側／長澤優子／東陽書籍／1992.4.25／ISBN-10 4152035129／館内閲覧のみ』

ぼくは、館内専用のタブレット端末にダウンロードする方式を選択して読書室に向かう。最初の画面に表示されたＩＳＢＮ（国際標準図書番号）を見てしまう。「気にするな」と思うより先に、その数字が素数か否かの確認を始めている。読書室に入ると、彼女は、ボールペンを持って、レポートか何かをチェックしていた。

「難しい本？」

隣の椅子を引くと、彼女が訊く。

「適当に検索した本だから、そんなこともないと思う」

「しかめっ面で、画面を見つめているから」

「プライム・ナンバーかな、って思って確認していた」

ぼくは、画面上のISBNを彼女に見せる。

「そんな大きな数字まで素数かどうかなんて分かるの？」

「計算するだけだよ。とりあえず、十一で割り切れた」

「えっ？　どうして、すぐに計算できるの？」

静かな読書室で、彼女が驚いた顔をする。ぼくにとっては、しごく日常的なことだったので、彼女の疑問に答えられない。1040399の最小の素因数が1019だと暗算できるなら、特殊な能力かもしれない。以前、生卵を水に浮かべられる教授がいたことを思い出す。彼は、「何事も試してみることだ」というのが口癖だった。

「二と五は計算する必要がないから、三、七ときて、十一は三つ目。誰でも計算できる範囲だと思う」

「そんな暗算ができる人は少ないと思う」

「そうかな……。尾内さんは、何をしているの？」

「今度、応募する原稿の推敲」

「どんな話？」

「秘密」

彼女は、右手の上で、赤ペンをくるんと回す。

「題名も秘密？」

「うーん……どうしようかなぁ」

「無理に教えてくれなくてもいい。『心理学者Wの暗殺講義』なんていう題名だったら、眠れなくなりそうだし」

「そんなふうに言われると、逆に教えたくなっちゃうな。受賞できるまで秘密にしてくれる？」

「もちろん」

「じゃあ、北上さんにだけ……。プラネタリウムの外側」

ぼくの思考回路にノイズが走る。車のナンバープレートで、同じ番号の車が並んで走っているのは珍しいが、ランダムに四桁までの数字を抽出しているなら、まったくない方が不自然だ。けれども、数ある小説の題名をランダムに抽出するときは、せめて、既出のものを出力しないくらいのロジックは追加するべきだ。

「君のプログラム、瑕疵《かし》があるんじゃないか」

彼にだけ言ったつもりが、その言葉は声になっていた。

♭

昼食を取らずに青色申告書を作成していたので、ぼくは、三時過ぎに生協でサンドイッチを買ってくる。この大学に来た博士課程のころから、この時間に残っているサンドイッチは、苺ジャムかピーナッツ・バターだ。この二つが一番安いので、これまでは不満を感じなかったけれど、年収三千万になると、たまにはローストビーフのサンドイッチとかも食べてみたくなる。経済学部でマーケティングを専攻する学生は、どうやら、生協の商品陳列に自らの能力を使う気がないらしい。

「なぁ、おまえが書類選考した人、現住所を見たら金沢市だけれど、本当に来る気があるかな」

サンドイッチとヨーグルトを入れたビニール袋を持って研究棟に戻ると、南雲が、履歴書を眺めながら言う。

「金沢？」

ぼくは、彼から面接に来る女性の履歴書を受け取る。博士号論文が『アルフレッド・アドラー心理学を応用した希《き》死《し》念慮《ねんりょ》者における対策の研究』となっていたのと、顔写真にばかり気を取られていた。ぼくたちのサイトには、希死念慮を抱えていると考えられる利用客が、男女合わせて十八パーセントいる。分析できない利用客も考慮すれば、二十パーセントにはなるだろう。軽視できない顧客セグメントのうえに、彼（女）らは、概して固定客になってくれる。彼（女）らのために、チャットのアルゴリズムを改変したいと思っていたので、履歴書の他の欄を読み飛ばしていた。そもそも、札幌の契約社員募集に石川県の住人が来るとは考えてもみなかった。

「金沢大学のポスドクなら、いたずらの応募かもな」

　南雲が言う。

「そうだね」

　それだったら、夕方まで作りかけの完全自動化プログラムの相手をして、夕食はローストビーフの美味しい店でも探してみればよかった。ぼくは、履歴書を南雲に返して、苺ジャムのサンドイッチを残念な気持ちで口に運ぶ。

「ああ、大丈夫だ」

「何が？」

「備考欄に、四月から藤《ふじ》の非常勤講師になるって書いてある。ってことは、女子大生を紹介してもらえるかな」

　ぼくは、暢気《のんき》なことを言う南雲から、再び履歴書を受け取る。利用客としての女子大生は、固定客になりにくいし、リアルな恋愛あるいは援助交際もどきの関係を求める傾向がある。

「女子大生は、アルバイトとしては確保したいけれど、あまりいい客にならないから、いまの水準で抑えておきたい」

「おまえなぁ、仕事熱心なのは有難いけれど、利用客じゃなくて、自分の彼女の紹介とかも考えろよ」

「三十三にもなって、女子大生の彼女なんていらない」

ぼくは、ガールフレンドを紹介してくれるなら、この契約社員希望の女性がいいなと思いながら、履歴書の写真を眺める。婚姻の有無が記されていないのが残念だけれども（それを求人案内で問うと、別の問題が発生する）、金沢から引っ越してくるなら、現時点で独身の可能性が高い。彼女は、高校入試から博士課程修了まで、すべてストレートで進学している。こんなに優秀な経歴でも、三十四歳で助教になれない事実を知ると、文系の研究者は厳しいなと思う。高校入学以来、二十年間、金沢を離れていないのに、いきなり札幌の女子大学の非常勤講師になって大丈夫なのかと、他人事《ひとごと》ながら心配になる。北陸と札幌では、冬の質が違う。

余計な心配をしているうちに、四時を過ぎてしまった。

「南雲、机の周りを少し片付けてくれ」

「このままでいいんじゃない？　どうせ二日もすれば、こうなっちゃうんだからさ」

「外の社会では、第一印象が大切なんだ」

ぼくは、そう言って、彼女との待ち合わせ場所の正門に行く支度をする。工学部の研究棟から正門までは、〇・五キロの雪道を歩かなくてはならない。夏であれば学生と観光客で賑わうキャンパスも、この季節の夕方は寂しい気分にさせられる。

「正門まで行くなら、俺の車、使っていいよ」

「初対面の女と、二人で車に乗るのは気がひける」

「そういうことだから、おまえは、金持ちになっても彼女ができない」

ぼくは、南雲を相手にせずに、ダッフルコートを羽織って、すっかり暗くなった外に出た。キャンパスを南北に縦断する通りに出てから、作りかけの完全自動化プログラムを実行したままだったことに気づく。

それは、メインとなるプログラムと試作の会話プログラムから構成されている。会話プログラムに男性と女性の設定をして、二つのタスクをパラレルに実行させる。メイン・プログラムは時間を制御し、会話タスクを進行させる情報を与えるだけの簡単なものだ。言い替えれば、メイン・プログラムの下で、チューリング・テスト用アルゴリズムを競わせている。それぞれの会話タスクは、演算能力の干渉を避けるために、別の有機素子ブレードに実行空間を割り当てた。

一回目の試作は、男女の会話が恋愛に発展するところまで進んだ。それ自体は成功とも言えたが、その最後の会話が、人間離れしていた。

「俺は、君を好きになったみたいだ」

「わたしは、『あなたの好き』より、好きだと思う」

「俺は、君の『俺の好きよりも好きだ』より、好きだと思う」

…

肯定的に会話を進めるようにした結果が、この稚拙なループだ。プログラムが単純なループに入ってしまうと、演算能力をフルに使い始める。たまたま、その会話をモニタで眺めていたので、メイン・プログラムを手動で停止させた。その失敗を反省して、メイン・プログラムにループと判断できる会話を中断させる仕組みを追加した。そのうえで、会話プログラムには、ループが予測される会話を回避する遺伝的アルゴリズムを導入して、突拍子もない会話を挟むプログラムを組み込んだ。

それが功を奏したのか、午前中に確認した際、男女の会話は破綻なく進んでいた。男側のプログラムは、寝台列車の食堂車で、うまい具合に女性を富山市内の観光に誘っている。クライアント端末に使っているパソコンのモニタに出力されるのは会話の結果だけなので、彼がどのアルゴリズムを選択して会話を成立させているかは、タスクを停止させた後、ログの検証を必要とする。けれども、彼に設定した条件は、女性を口説くのに適したものだったことは間違いがなさそうだ。プログラムの中では、実験のために、現実の三倍の速さで時間が進む設定にしているので、いまごろ、彼らは初デートの会話を交わしているはずだ。

（富山市内の情報は入れておいたけれど、どこに行ったんだろうな？　いきなり、ホテルに誘ったりしないといいけれど……）

男側のプログラムを実行しているブレードの演算能力が、想定していたよりも速かったのが気になる。ぼくの実験は、どちらかが相手に恋愛感情を表現する科白を言わせることをゴールとしていた。このビジネスでは、利用客にチャットの相手を「いつのまにか好きになってしまった」と思わせるように仕向けたい。利用客は、恋愛感情が自然に湧き出たものだと思い込むほど、最初の選択要因だったプロフィールよりも、プラトニックな感情を優先する。

けれども、彼に割り当てたブレードの演算能力が高かったために、プラトニックな恋愛感情を飛び越してしまったら、どうなるのだろう。ぼくは、まだ彼女の裸体のデータを入力していないので、彼女が服を脱いでも、そこには何もない。

(何もない？)

ぼくは、自分のミスに気づいて、立ち止まってしまう。

(どうして、それに気づかなかったんだろう？)

待ち合わせの五時までは、まだ二十分あったので、暖を取るために目の前のクラーク会館に入った。

(何もないって、なんだ？)

目についたベンチに座って、プログラムをサスペンドしなかったことを後悔する。否、青色申告の表計算ソフトに切り替えたとき、モニタの裏側でプログラムを実行させておく必要はなかった。今夜にでも、ゆっくり男女の会話を眺めて、どちらかが恋愛感情を表現する発言をした時点で、プログラムを停止させれば十分だった。

もし、彼が、異性を口説く能力に長《た》けていて、彼女が服を脱いでしまったら、彼は何を見るのだろう？　首から上だけがあって、胴体のない女の像を見ることになるのか？　違うか……。あのプログラムでは、ただ単に「何かを見た」という情報しか与えられない。人間の身体にたとえれば、目も耳も皮膚もなく、そこから送られてくる微弱な電気信号を受け取る脳があるだけだ。

（それなら、女の裸体があるはずの部分に、その後ろの光景を見ることになるのか？）

それが「何もないこと」とは違うと、すぐに否定する。「何かを見た」、「何かに触った」、「何かを食べた」という肯定的な情報を与えることは簡単だ。「何か」を定義すればよく、それに対して「綺麗だ」、「柔らかい」、「酸っぱい」という情報を探してくるロジックがあれば、会話を進めることができる。けれども、「何もない」という否定的な情報は難しい。「何もない」という言葉が与えられるだけで、見ることも、触ることも、食べることもできない。当然、そこから続く情報を探すこともできないだろう。

（何もないって、どういうことだ？）

ぼくは、自問を繰り返した。

「そろそろ、お昼にしない？」

彼女が、原稿の上に赤ペンを置いて言う。『プラネタリウムの外側』という小説は、想像どおりにつまらなくて、十分くらい前から、彼女の左手の包帯をぼんやりと眺めていた。

「うん。冬の富山は寒鰤《かんぶり》が美味しいっていうから、寿司屋はどう？」

「きっと、夕ご飯か、バー・タイムの珍味セットに入っていそう」

ぼくは、「なるほど」と応えてうなずいた。

「それより、富山ブラックっていうラーメンはどう？　たぶん、あの寝台列車では出てこない」

「そうだね」

荷物をまとめて、読書室を出る。ぼくが返却口にタブレット端末を返している間に、彼女はレセプションの男性と何かを話していた。

「隣のホテルの裏に、ブラック・ラーメンの美味しい店があるって」

「それを図書館のレセプションで訊いたの？」

「うん。こういうことは、ガイドブックより地元の人に訊く方が確かじゃない？」

彼女が教えられた中華料理屋は、簡単に見つかった。図書館員が言うとおり、味は確かなのだろう。十二時半を過ぎているのに、十分ほど、店の外で待たされる。ぼくは、朝のコーヒーショップ以来の煙草に火を点ける。

「わたしも吸っていい？」

「どうぞ」

「初対面の男の人の前だと、なかなか言い出せない」

ライターを彼女に渡す。彼女が吸っているのは、インドネシア産の煙草だった。ときどき、巻き紙に染み込んだ精油がぱちっと音を立てて、甘い香りが漂う。

「付き合い始めてから、喫煙者だって知られるよりは、先に言った方がいいと思う」

ぼくは、そう言いながら、彼女が煙草を吸う設定にしたのは、朝のコーヒーショップからではないかと疑う。寝台列車内は全面禁煙だ。ということは、彼女は、ぼくが煙草を吸うことを、今朝のコーヒーショップで知った可能性が高い。図書館にいた二時間ほどの間に、彼が、会話を進みやすくするために、彼女の情報を微調整したのではないだろうか。

「うーん、煙草をやめられるくらい素敵な男性だったら、それを機にやめてもいいかなと思っている」

「それは残念」

「どうして？」

「だって、ぼくは、尾内さんに煙草をやめさせるほどの魅力がない、ってことでしょ」

「ううん。一緒に煙草を吸える男性の方がいいに決まっている」

矛盾しているようで、ぎりぎりのところで会話が破綻しない。その一方で、彼女に惹かれていく気持ちの方が強くなって、ぼくは会話の破綻を望んでいない。

「それより、さっき読書室で、また変なことを言っていなかった？　わたしのプログラムは、どうのこうのって？」

「ただのひとり言」

「北上さんは、一度にいろんなことを考え過ぎるんだよ」

「そうかもしれないね」

彼女の言うことは正しいと思う。

「わたし、ときどき人からいろんな悩みを聞くんだけれど、『もう死にたい』とか『生きている意味を感じない』とかっていう話には、あまり付き合いたくないでしょ。だから、そういうときは、『恋愛をしてみれば』って言うことにしているんだ」

「その人の希死念慮が、恋愛の悩みに変わるだけじゃないの？」

「キシネンリョ、って何？」

「簡単に言うと自殺願望」

「ふーん。でも、恋愛の悩みに答えるのは、わりと簡単。恋愛をしている人って、何かに悩んでいるっていうよりも、もう答えは出ていて、それを後押ししてほしいっていう場合が多いと思う」

「まぁ、相手に振られたのを理由に自死を選択する人は、自死者全体としては少なそうだしね」

自分の研究について考えてみる。実際のところ、自死の理由は、生きている者には分からない。自死に追い込まれるほどの生活苦に悩んでいても、それは生きたいという感情の裏返しのこともある。その人が自死を選んでしまった本当の理由は、自死が達成されてしまった後では、インタビュウもできない。

「そっか、北上さんって、心理学者だもんね。釈迦《しゃか》に説法《せっぽう》でした。今度、そういう相談を受けたら、北上さんに連絡しよ」

彼女が、ぺこりと頭を下げる。二十歳のころは、三十を過ぎれば恋愛感情は薄れるんだろうなと思っていた。けれども、彼女の歳を感じさせない仕種《しぐさ》を見て、それを否定する。そして、「今度」という科白は、彼女がぼくとの関係をこの旅行以降も続けたいことを暗示している。

二人でブラック・ラーメンを食べ終わっても、寝台列車の発車時刻までには二時間以上があった。

「尾内さんが、まだ推敲をするなら、図書館に戻ってもいいよ」

「うーん……、今日は、もういいかな。せっかくの旅行だし、二人で昼酒《ひるざけ》でもしない？」

「いいよ。駅ビルの中なら、もう開いている店がありそうだった」

「それより、お土産屋さんで地酒とつまみを買って、わたしの部屋で飲むっていうのはどう？」

ぼくは、昨夕の食堂車で、彼女とどんな話をしたのかを思い出そうとする。彼女は、旅先だからといって、不用心に開放的になるタイプには見えない。だいたい、ぼくは、そういう性格の女性に魅力を感じない。彼女の警戒心を、ここまで緩めてしまうような会話をしたのだろうか。

♭

ぼくは、両肘を膝に置いて手で顔を覆いながら、時間が経つのを待った。今回の実験では、無限ループに陥ることはない。会話が破綻した時点で、メイン・プログラムは出口ルーチンに逃げる仕組みもある。

（心配することはない）

そう言い聞かせても、何かが引っかかる。できれば、すぐにでも研究室に戻って、プログラムの状態を確認したい。けれども、契約社員希望の女性との待ち合わせまで、十五分しか残っていない。思考が空転してしまうと、その十五分がやけに長く感じられて、ぼくは約束の五分前に正門に向かった。

彼女は、ヘリンボーン柄のコートにビニール傘を差して、ぼくよりも先にそこに立っていた。札幌の住人は雪の日に傘を差すことは少ないので、すぐに彼女を見分けられる。

「こんばんは、お待たせしました」

ぼくは、ダッフルコートのフードを外して、自分の名前を告げる。

「尾内と申します。初めまして」

ヘアスタイルも顔立ちも、そして名前も、ぼくが試作のプログラムに設定した女性だ。身長は適当に設定したが、ほぼ想定どおりだった。もちろん、彼女は、自分がぼくの作ったプログラムの中で寝台列車の旅をしているなんて、知っているはずもないだろう。

「ぼくの研究室は、ここから歩いて十分ほどなんです」

「広いキャンパスですね」

「札幌は初めてですか？」

ぼくたちは、キャンパスのちょうど中央にある工学部に向かって雪道を歩いた。

「学生のころ、観光で来たことがあります。けれど、北大に入るのは初めてです」

「金沢からは、どうやって来たんですか？」

「伊丹に出て、飛行機で来ました」

キャンパスを縦断する通りの曲がり角で、彼女が足を止める。

「ああ、天に向かって指を差しているクラーク像は、別の場所にあるんです」

ぼくは、彼女とともにクラーク像を見ながら言う。

「知りませんでした」

「がっかりした？」

彼女が首を横に振る。そこから、工学部までは、当たり障《さわ》りのない会話をしながら歩いた。ぼくは、初対面の女性との会話が苦手だ。南雲は、「アルゴリズムは組めても、実践ができない」とぼくを馬鹿にする。

「女子大の講師は、もう決まっているんですか？」

「ええ。今日、契約をしてきました」

「遠い街で不安じゃないですか？」

講師と言っても、非常勤であれば、通常は一年契約だ。

「不安はありますけれど、わたし、ずっと親元で暮らしていたから、いい機会かなって思っています」

彼女の声を聞くのは初めてだけれど、ぼくの設定したような落ち着いた話し方をする女性だなと思う。求人案内には「チューリング・テストの研究にかかる作業補助。ただし、論文発表の際に、共同研究者とはしない。就業時にNDA要」と出していたので、研究室に着いて実際の仕事を説明するのがためらわれる。求人内容に偽りはなく、南雲は、そつなく仕事内容を説明することだろう。けれども、それが、男女の疑似恋愛で稼ぐものだと知ったら、彼女は拒否反応を示してしまうかもしれない。

ぼくは、工学部の車寄せで、ダッフルコートの肩に付いた雪を払って、彼女を研究室に案内する。研究室では、南雲が机の上を片付けていた。見慣れたぼくには、だいぶ片付いたように思えるけれど、客観的に見れば、かなり散らかった部屋だ。

「彼は、共同研究者の南雲。南雲、こちらは尾内さん」

「初めまして、南雲薫《かおる》です。散らかっていて、申し訳ない」

「いえ、わたしの研究室なんて、ポスドクの共同部屋だったから、こんなものじゃありませんでした」

「荷物と上着は、そこの空いている机にでも置いてください。そこの円卓で面接をします」

ぼくは、そう言って、自分の机にあるパソコンに向かう。机には、サンドイッチの包みとヨーグルトがそのまま置かれていた。南雲は自分の机しか整理しなかったようだ。パソコンの青色申告に使っていた表計算ソフトを終了させる。その裏側で、動いていたはずのプログラムは、「時刻／北上渉の発言／尾内佳奈の発言」が時系列に流れていく仕組みになっていた。

けれども、そのとき、ぼくの視界に入ってきたのは、時刻欄に〝12,DEC. 14:17:06〟が並んでいて、二人の会話欄は空白のままの画面だった。彼と彼女の会話が破綻したとしても、時間を進めるメイン・プログラムは独立して動いているので、同じ数値を羅列するはずがない。

（出口ルーチンでミスったか……）

「面接、始めるよ」

南雲の声を無視して、ぼくは、〝12,DEC. 14:17:06〞の直前で発生した「何か」を確認するために、画面をスクロールさせる。プログラム内の時間を遡ろうとしたとき、まだプログラムが実行中であることを知る。時刻欄は止まっているようでいて、規則的に〝12,DEC. 14:17:06〞を新たに表示し続けている。出力値が同じなので、画面が止まっているように見えただけだ。

「えっ？」

思わず、声を上げてしまう。

（止まっているんじゃなくて、同じ時間を進み続けているのか？）

「おい、あまり待たせるな」

南雲の口調がきつくなった。

「ああ、悪い。いま行く」

ぼくは、すぐに解析できるミスではないと判断して、マウスから手を離す。

「こいつ、一度、プログラムをいじり始めると止まらないから……」

南雲が、彼女に苦笑を向けている。円卓には、コーヒーを注いだマグカップが三つ用意されていた。コートを脱いだ彼女は、濃紺のパンツスーツに白いブラウスを着ている。そのとき、彼女の左手が視野に飛び込んでくる。正門からここに来るまで、彼女はミトンをしていたので、ぼくはそれに気づかなかった。

「その手、どうしたの？」

「あのな、それが面接の最初の言葉か？」

彼女の左手には、薬指と小指に包帯が巻かれている。もちろん、そんなことは履歴書に書かれていなかった。

「こないだ転んじゃって、突き指したんです。でも、もうほとんど治っているから、パソコンの操作には問題ありません」

「どうして、左手の薬指と小指だけ？」

「えーと、どうして、と言われても……」

「なぁ……」

南雲が、円卓の前で突っ立っているぼくに、非難の眼差《まなざ》しを向ける。ぼくは、混乱したまま、空いている椅子に腰掛ける。その包帯は、実験中の男女の会話が途切れたり、破綻しそうになったりしたときのために、それまでの会話に矛盾しない挿話、あるいは結婚指輪でも隠しておこうと設定した予備の伏線だ。

「改めて、尾内佳奈と申します」

彼女は、膝に置いたトートバッグから、新しい履歴書を二通取り出す。

「こちらこそ、よろしくお願いします。遠いところまで来てもらって、申し訳ありません。まず、履歴書にあった非常勤講師の件なんですけれど、四月からは札幌に住むということで間違いないですか？」

南雲が、面接を始める。

「はい、こちらで雇っていただけるようでしたら、前倒しで三月に引っ越します」

（何もない？　同じ時刻が続く？　……それって何だ？）

ぼくは、彼らの話を上《うわ》の空《そら》で聞いていた。

「あの……」

彼女に声をかけられる。

「あっ、はい」

「包帯、気になるようだったら、外します。もう、お風呂に入るときは外しているし」

「えっと……」

ぼくは、どうやら、彼女の包帯を見つめたまま、プログラムのことを考えていたようだ。

「こいつのこと、あまり気にしなくていいよ。女性とまともな会話ができないんだ。それより、包帯留め、片方外れちゃっているよ」

「ほんとだ。じゃあ、取っちゃいますね」

時間の速度がよどんだように、彼女の右手がゆっくりと包帯の留め具に向かう。

「駄目だっ。そこは設定していない」

「はぁ？」

南雲の呆れた声が聞こえる間に、包帯がするりとほどかれる。

「有」に対して「無」があるとすれば、その境界はどこにあるのだろう？

「無」を確かめようとして、その境界を突き抜けてしまったとき、「有」からこぼれ出す時間は「無」を侵してしまい、「無」はその途端に「無」ではなくなる。それでも、「無」が「何もない」状態を維持できるとすれば、それを確かめようとしたぼく自身も「何もない」状態になるのか？　そこに終わりはあるのだろうか？　終わりがあるとすれば、「何もない」状態に対して終止符を打つプログラムがどこかにあるはずだ。出口があるなら、そこは「何もない」状態ではない。

（何もないって、何なんだ？）

ぼくが、そう思ったか、あるいは、その命題を言語化する間に、包帯が円卓に滑り落ちる。

時間は、瞬間という境界を、永遠に進み続ける。

月の合わせ鏡

鏡の中に現在を見ることはできない。光にも速度があるので、鏡像は過去である。

五月の朝、髭を剃っている最中に、ガールフレンドに声をかけられた。「バスタオルを借りてもいい？」とか、些細なことだったと思う。彼女にバスタオルを貸さなかったことはないし、彼女もそれがある場所を知っている。その声で、ぼくは剃刀《かみそり》を滑らせてしまったらしい。鏡の中に下くちびるから血がこぼれるのを見て、「しまった」と思い、しばらくして微かな痛みを覚える。

その僅かな時間差は、血管が切れたことが脳に伝わり、「痛い」という言葉になるまでの差異だろう。それは一秒にも満たない時間だったに違いない。けれども、くちびるからこぼれる血の量の多さと、脳が感じる痛みの小ささが、ぼくと鏡像の自分に乖離《かいり》を生じさせた。こぼれていく血を鏡の中に眺めながら、そこに映った自分は過去のものだと認識する。

彼女は、すぐに（もしかすると、ぼくよりも早くに）自分の過ちに気づいて、ティッシュを持ってきてくれる。切れた場所が悪かったのか、パジャマにしていたTシャツが血だらけになっていた。

「変なときに話しかけちゃって、ごめんなさい」

ぼくのくちびるをティッシュで押さえながら、済まなそうな顔をする。

「それより、シェービング・フォームを流したい」

不自由な口で、下着姿の彼女に言い、とりあえず顔を洗う。洗面台に流れる水も赤く染まった。まだ、口の上の髭を剃っていなかったけれども、もう一度、剃刀を持つ気分になれない。今日は、マスクをして出勤しよう。ぼくの研究室は、髭を剃って出勤する必要はなかったのに、どうして、その朝にかぎって、髭を剃ろうなんて思ったのだろう。ぼくは、目が覚めてから洗面台の前に立つまでの自分の行動を時系列に沿って整理する。けれども、髭を剃る動機が芽生えた過去を見つけられない。

（誰が、ぼくに髭を剃るように仕向けたんだろう？）

数十分前の自分と、くちびるに微かな痛みを感じている自分がつながらない。あいにく部屋に軟膏《なんこう》がなかったので、彼女は、自分のリップクリームをぼくの下くちびるに塗って、出勤までの間、ティッシュを何枚も使って、口を押さえてくれていた。

たいした痛みではなかったけれど、椅子に腰掛けたまま、「口を動かさないで」と言われて、ぼくは別のことを考える。もしも月に鏡があったら、そこに映るのはいつの自分だろうと計算していた。月までの距離は、平均三十八万キロメートル。光の速度は、毎秒二九九、七九二キロメートル。そこを光が往復する。

（だいたい二秒半前の鏡像ってことか……）

それが、遊び半分の実験を始めるきっかけだった。

ほんの思いつきから始める実験は、専攻の通信工学とはまったく関係がないし、目的のない実験に研究室の費用を提供してくれる教授はいない。そうかと言って、でっち上げの機材の購入申請書が受理されてしまえば、当然のことのように、実験結果のレポートも要求される。ぼくは、同じフロアの南雲助教の研究室を訪ねた。南雲助教が、チューリング・テストの研究と称して、怪しげな副業を営んでいるのを、ぼくは偶然知っている。彼なら、高解像度モニタのひとつくらい、気やすく貸してくれるだろう。

「マスクなんかして、風邪でもひいたのか？」

挨拶もそこそこに、マスクのことを問われる。

「髭剃りの途中で、くちびるを切っちゃって……」

「いつも無精髭《ぶしょう》のくせに、新しい彼女でもできた？」

ぼくは、肯定の意味で、頭をかきながら笑った。

研究室の空いている椅子に座る。南雲助教は、その新しい彼女が、向かいの机でパソコンに何かを打ち込んでいる尾内佳奈だと気づいていないようだ。ほんの二時間前まで、ぼくのくちびるにティッシュを押し当てて心配そうな表情だった彼女が、南雲助教の背中越しに微笑む。

「で、何か用？」

「モニタが余っていたら貸してほしいんです」

「どんなモニタ？」

「五十インチ以上の解像度の高いモニタと、小型ヴィデオカメラ。モニタは、縦置き可能なものです」

ぼくは、散らかった研究室を見回しながら言った。いくつか並べられたモニタには、何かの会話が映し出されているが、余分なものはなさそうだ。それに、モニタは、どれも通常サイズのものばかりだ。

「なぁ、この部屋に、五十インチのモニタが見えたか？」

「だから、尾内さんが、ちょこちょこっと、そういうモニタを作ってくれないかな、と思ったんですけれど……」

南雲助教が、呆れた顔をする。

「おまえ、俺をゆすりに来たのか？」

三ヶ月前、この研究室で彼の共同研究者だった助教が突然死している。死因はくも膜下出血だったが、研究室に警察の捜査が入った。周囲からは、その助教の突然死を「当然死」と言う陰口も聞こえる。食べるものと言ったら、生協の売れ残りのサンドイッチばかりだったし、プログラムを作り始めると、二、三日を寝ずに過ごすのは普通だった。学部内では、そんな状態でも正確無比のプログラムを書くことで有名で、有機体というよりはコンピュータに近いと言われていた。だから、警察の事情聴取も形式的なものだけで終わった。

その際、大学で行う研究とは関係のない書類を一時的に退避するために、同じフロアで暇そうにしていたぼくに声がかかった。厄介なことを押し付けられるのは気が進まなかったけれども、南雲助教はかなり落ち込んだ様子で、断れる雰囲気になかった。もっとも、それをきっかけにガールフレンドができたのだから、いまさら文句を言う筋合いではない。そのとき、たまたま同席していた佳奈は、札幌に転居するための準備で短期滞在の予定だったし、学内のことを何も知らなかった。ぼくは、事情聴取のおかげで足止めされた彼女を、大学構内の案内や食事に誘ったりした。

「学内で、そんな人聞きの悪いことはしませんよ」

「悪人は、みんな、そう言う。そして、たいていマスクをしている」

ぼくは、交渉の科白《せりふ》を考えながら、今朝、髭を剃ったのは、こういう会話を引き出すための前兆だったのかと思う。

「ちょっとした遊びを思いついたんです。結果が使えそうだったら、助教との共同研究にすることでどうですか？」

「ふーん……」

彼の表情が、少し明るくなる。「研究成果には二種類あってさ、ひとつは教授の下でちまちました作業を延々と続けた努力の成果。もうひとつは、夢の中とか、遊び半分で思いついたことを、本気でやってみた成果」というのが、彼の持論だ。その後者の方が研究者として優秀だと彼が考えているのは、雰囲気から読み取れた。どうやら、ぼくの提示した交換条件で商談は成立しそうだ。

「じゃあ、必要なモニタの種類を、俺と尾内宛にメールしてくれ。尾内のメールアドレスは知っている？」

「ええ」

そのとき、ぼくが知っていたのは、彼女のプライベートのメールアドレスだったけれど、仕事用のものは、後から直接聞けばいい。彼は、椅子を回転させて、彼女に「こいつからメールが来たら、経費で買ってやって」と伝えている。

「ありがとうございます」

「共用部屋に、でかいモニタが届いて、なんだかんだと訊かれると面倒だから、実験は、この部屋のそこらへんでやれ」

「了解しました。じゃあ、尾内さん、よろしくお願いします」

佳奈は笑いながらうなずく。二人とも、自分たちの関係を上司や同僚に言いそびれていた。おかげで、彼女の姓を「さん」付けで呼ぶのが面映《おもは》ゆい。

南雲薫が、三ヶ月前の共同研究者の突然死から立ち直ったと言ってしまえば、嘘になる。彼とチューリング・テストの研究を共にして以来、南雲は彼を共同研究者のひとりとしか考えてこなかった。けれども、その喪失から、同時に数少ない友人のひとりだったのだと教えられた。

学部内で友人を知る者が、彼の死を「当然死」と揶揄《やゆ》するのも気に障《さわ》る。傍観者たちの言うとおり、友人の生活は一般的ではなかった。二日半、眠ることなく研究を続け、その次の一日を眠り続ける。南雲の知るかぎり、友人は、PhDを取ってから六年間、そのライフサイクルを続けていた。けれども、それが彼の生態リズムだったのだ。六十時間、規則的に食事をとりながら研究を続けて、六十時間目に研究ノートを書き始める。南雲たちの研究室では研究ノートを電子化しており、パソコンで作成した記録を共同研究者（彼の場合は南雲だ）と上司に回覧することを許している。けれども、友人はそれを万年筆で記入してから、ＰＤＦにスキャニングして南雲と教授に回覧していた。そして六十二時間目に研究室を出て、三十四時間後に戻ってくる。それは、南雲と彼が、学内の有機素子コンピュータを利用して、出会い系サイトの副業を始めてからも変わらなかった。

学会等で時差のある国に行っても、友人がそのリズムを狂わせることはなかった。逆に、出勤してから四日目、つまり彼にとっての休息日に外せない発表会等があると、彼は時差呆けのような状態になり、その後、一、二日、体調の悪そうな顔をしていた。そういった生態リズムを持っている人間が、現に目の前にいるならば、突然死を「当然死」と揶揄するより、そのメカニズムを観察するのが、研究者としての矜持《きょうじ》ではないかと、南雲は思う。

二月の雪の降る夕方は、友人にとって仕事を始めてから三十六時間目で、寝不足になる時間帯ではなかったし、南雲が研究室にいた間は食事も規則的にとっていた。変わったことと言えば、その日、南雲たちは、研究ではなく、副業の青色申告の書類作成に追われていたことくらいだ。けれども、それが突然死の原因になったとは思えない。友人にとって、不得手な作業だったことは確かだが、博士課程のころにはなかった雑務も、彼は難なくこなしてきた。

南雲に思い当たる節があるとすれば、彼が立ったまま意識を失ったように見えたとき、「そこは設定していない」と珍しく声を荒《あら》らげたことだけだ。「そこ」というのが何だったのか、いまでも分からない。もっとも、研究者としての資質は、南雲よりずっと優れていたので、友人の考えていることを理解できないままやり過ごすことは珍しくなかった。

南雲は、友人の突然死を理由に、その年の学会発表用の研究課題を一年間の期限付きで保留してもらった。副業であるインターネット・サイトの管理以外にすることもなくなったので、遺品分けのうち、自分のものとなった彼の六年分の研究ノートを眺めて過ごしている。ブルーブラックのインクで几帳面に記されたノートは、「尾内佳奈」という女性をモデルにしたチューリング・テストの実験途中で終わっていた。その尾内佳奈は、いま、机を挟んで、南雲の前で副業の契約社員として働いている。

彼女とは研究分野が違ったし、南雲は男女間に友人で留まる感情を信じていなかったので、友人の代役は務まりそうもない。それに、彼女が初めてこの研究室に来たとき、友人が倒れたこともあり、そのことを話題にするのも憚《はばか》られた。南雲は、失った友人の代役を、副業のチャットによる出会い系サイトに求めた。友人が、最後の実験で「演算能力が出過ぎる」と気にしていた有機素子ブレードを指定して、試作中だったプログラムのパラメータに、友人の条件を設定する。

（名前は……）

死者の名前をそのまま設定すると、いつまでも友人の不在を引きずりそうだった。それに、そのインターネット・サイトでは、利用客が本名を名乗ることは少なく、ほぼ百パーセント、スクリーン・ネームを使用する。
（ナチュラル……、とでもしておくか）
南雲は、友人とともにローブナー賞に挑戦したときのプログラム名を、話し相手のスクリーン・ネームに設定した。

♭

モニタと小型ヴィデオカメラは、一週間後に南雲助教の研究室に届けられた。五十六インチの医療用モニタは、たぶん、市場価格では七十万円を下らないはずだ。そんな高級品を要求したつもりはなかったけれども、佳奈の出身である石川県の企業のブランドだった。ところが、簡単に取れると思ったスパコンの使用許可が、二ヶ月待ちということだった。火山噴火予知の研究室で大掛かりな実験を始めるらしく、ぼくの実験は優先順位が著しく下がった。研究室のサーバーでプログラムのコーディングを始めたけれど、必要な演算能力を得られない。

南雲助教に相談すると、彼が使用許可を持っている有機素子コンピュータの空き領域を使ってもいいと言ってくれる。ぼくは、ひとつひとつの単語は理解できても聞き慣れない名前に、思わず訊き返してしまう。

「有機素子コンピュータ？」

「九〇年代にＡＩ開発を目的に作られたコンピュータを、北大が引き取ったんだよ。知らなかった？」

スパコンの代わりが三十年前のサーバーか、と思う。

「知りませんでした。使えるんですか？」

「俺以外に誰も使っていないから、使ってもいいよ」

「そういう意味じゃなくて、演算能力とかストレージとかが使い物になるんですか？」

「そこらへんのサーバーよりは速い」

ぼくは、半信半疑で、その有機素子コンピュータの空き領域を借りることにした。プログラミング言語が独特で一週間ほど手間取ったが、慣れてしまえば、ＵＮＩＸサーバーのＣ言語よりも短いコードでプログラムが完成しそうなことが分かった。

南雲助教の外出中に、ぼくがコーディングをしていると、佳奈が興味深そうにクライアント端末の画面を覗き込む。

「何を始めたの？」

「月と地球の間で、合わせ鏡を作る実験」

「合わせ鏡？　そんなものをコンピュータで作ってどうするの？」

改めて訊かれると、説明に困る。何の役にも立ちそうもないから、ぼくは、研究室に実験の申請をせずに、ここでプログラムを書いているのだ。

「そう言われても困るんだけれど……。合わせ鏡の錯覚をデフォルメしてみたら、どんな感じかなって思っているだけ」

「合わせ鏡の錯覚って何？」

「合わせ鏡って、現在の姿が無限に続いているような錯覚を持つよね。でも、実際には、光の速度の分だけ、ほんの少しずつ過去が映っている。それをコンピュータでデフォルメしてみようかなって」

「なるほど。でも、それだけのために、七十万円もするモニタをねだったの？　南雲さんもそうだけれど、工学者って、何を考えているのか分からなくなる」

佳奈は、この研究室で密かに行われている副業の契約社員をしながら、市内の女子大学で心理学の非常勤講師をしている。ぼくにしてみると、現実世界から都合の悪い条件を排除したモデルで、統計や分析を行って論文を書いている彼女は、非現実的な実験をしているような気がする。けれども、それを言うと、お互いに不愉快な思いをするので、曖昧な返事をする。

「まぁ、どんなことも、実験こそが最良の教師だから……。プログラムができあがったら、分かってもらえると思う」

「ふーん……。それより、今夜も、わたしを放っておいて、そのコンピュータと付き合うの？」

二人だけの研究室で、佳奈が首をかしげる。ぼくは、しばらく迷ってから、首を横に振った。

「夕ご飯は、佳奈の部屋に行ってもいい？」

「うん。ヴィシソワーズ、作って待っている」

彼女は、うなずいて自分の仕事に戻る。初夏が遅い札幌でも、そろそろヴィシソワーズが美味しい季節だ。

完成したプログラムを起動する。

モニタを縦置きにして、その上に小型ヴィデオカメラを取り付ける。モニタの前に、ｉ《アイ》Ｐａｄ《パッド》を持って立つと、そのタブレットにもカメラが付いているので、お互いの映像を有機素子コンピュータで編集して合わせ鏡の鏡像を再現する。モニタとｉＰａｄの間では、それぞれ一秒前の鏡像が重なって映し出され、それを一二七回繰り返すだけのシステムだ。一番奥の画像には、対向の鏡像との往復があるので二五四秒前の姿が映し出される。もっとも、五十六インチのモニタでも、百枚目以降の画像は、解像度の関係でほとんど認識できない。

合わせ鏡の鏡像が有限である主な理由は、一枚目の鏡像が二枚目のそれを隠してしまい、鏡像が光の往復に合わせて小さくなっていくので、どこかで目に見える限界よりも小さくなってしまうからだ。だから、もし、十分に大きな鏡があれば、その何万枚か奥の鏡像には、確かに過去の光景が映っていることを確認できるだろう。けれども、そんなに大きく、かつ反射率が高い鏡は存在しないので、たいていの人は、合わせ鏡の奥の像にも現在が映っていると勘違いしてしまう。

「これ、面白いな」

「ありがとうございます」

南雲助教に褒められて、素直に喜んだぼくの隣で、佳奈が口を挟む。

「それで、何の役に立つの？」

「うーん……、もし光の速度がとても遅い世界があって、そこで合わせ鏡を楽しむことになったら、『こんな感じですよ』っていう以外は何もない」

相変わらず、佳奈には理解してもらえなかったらしい。だいたい、光速が遅ければ、脳内のシナプスの発火速度も相対的に遅くなってしまうだろう。南雲助教が助け舟を出してくれる。

「何の役に立たなくても、面白い実験なら、それでいいんじゃない。たとえばさ……、尾内は、鏡の中の自分に、じゃんけんで勝つことができる？」

「できるわけがありません」

南雲助教は、片手にｉＰａｄを持ち、空いた手でしばらく拳を作ってから掌《てのひら》を開く。

「ほらね、二枚以上奥の鏡像の俺に勝っている」

「あっ、ほんとだ」

その実例を加えた説明を「うまいな」と思う。光速でものを見る世界では、鏡の中の自分とじゃんけんをしても相子《あいこ》になるしかないが、この合わせ鏡では、過去の自分に勝つことができる。彼の言うとおり、実験としては、何の役にも立ちそうにない。ただ、光の速度を遅くするシミュレータで、日常の錯覚を見える形に表現しただけだ。

「尾内、これの使い途、何か考えてあげてよ」

そう言っていた南雲助教が、どういう伝《つて》なのか、それを札幌で開催される現代美術コンクールに応募していた。ぼくの知らない間に、それっぽい『月の合わせ鏡』という作品名がついている。彼によると、作品名を考えたのは佳奈ということだった。意味不明の題名が審査員に好感を与えたのか、プロの芸術家を差し置いて、『月の合わせ鏡』はコンピュータ・グラフィック部門の最優秀作品となった。南雲助教は、「何の役にも立たないところが、受賞の理由だな」と笑う。

現代美術コンクールの展示は、札幌が観光客で賑わう八月の一ヶ月間で、芸術の森公園に隣接する工芸大学が会場だった。

割り当てられた展示室は、八畳ほどの広さで、左右の壁一面にオーロラ・ヴィジョンが設置された。当初のプログラムでは、実際の鏡を模して、見る人の視座により鏡像の向きが変化できるように、手持ちのｉＰａｄを利用したけれども、展示ではそれを諦めた。二枚の鏡が平行に固定されたおかげで、鏡像を重ねる際の入射角を計算する処理が不要になり、プログラムは当初より簡素化できる。代わりに、鏡像の枚数を一二七枚から二五五枚に増やした。ぼくの勤務する北大にある有機素子コンピュータから工芸大学の間は、通信速度を保証する光回線を敷設した。

ぼくは、機材提供時の約束どおり、南雲助教との共同制作である旨をコンクールの審査員に申し入れようとした。けれども、「俺は芸術家じゃない」という彼のひと言で、副賞の百万円はすべて自分のものになってしまった。副業で十分な収入を得ている彼とぼくでは、百万円の価値が違うのだろう。専攻の通信工学では、電子ジャーナルへの論文掲載料にも四苦八苦しているのに、逆に展示料をもらえるというのがもどかしい（修士課程に進学するまで知らなかったが、電子ジャーナルに論文を掲載しても、執筆者は、原稿料をもらえるどころか、自費でネイティブ・チェックをしたうえに、掲載料を支払わなければならない。そして、論文を定期的に掲載してインパクト・ファクターを稼がなければ、研究者として振り落とされていく）。

〉暇な奴が、有機素子コンピュータで合わせ鏡の実験を始めたよ南雲は、尾内佳奈が副業の課金結果をチェックしているのを眺めながら、ナチュラルに話しかける。

＞暇な奴って誰？

＞岡本《おかもと》研究室の学術研究員

＞ああ、それで最近、イメージ・データが頻繁に飛び交っているのか

試作とはいえ、友人が二ヶ月をかけて改良した会話アルゴリズムだ。副業で使っている会話システムよりも、受け応えが格段に人間らしい。

＞試しに、俺が現代美術コンクールに応募してやったら、入賞した

＞それで？

＞それだけ、なんだけどさ

元となっているプログラムは、利用客に恋愛感情を芽生えさせるのを目的としている。そのせいなのか、南雲が気のない返事をしてしまうと、そこでチャットが途切れてしまう。

（だいたい、俺はリア充の類《たぐい》だからな……）

そんなことを考えていると、突然、モニタに科白が現れる。

＞合わせ鏡の先には過去が現れるからやめておけ、って忠告してやれよ

＞なんで？

＞一般に、過去と現在は同居しない

南雲は、モニタに映し出されたメッセージの意味を考える。「過去」と「現在」が並存しないのは、当然のことのような気がする。あえて、そんな会話を挟む必要性を感じない。（そう言えば、会話を途切れさせないために相関の希薄な単語を並列に発する設計をしたって、ノートに書いてあったな）

友人が遺した研究ノートを思い出す。けれども、「過去」と「現在」は相関が高い。

「あの……」

ふいに、尾内佳奈が話しかけてくる。

「何？」

「南雲さんのクレジットカードが登録されていなくて、未納料金が溜まっているんですけれど、どうしますか？」

〉融通の利かない女だな

南雲は、ナチュラルに愚痴をこぼして、財布からクレジットカードを取り出す。

「これを登録しておいて」

「ありがとうございます」

尾内佳奈は、机越しにクレジットカードを受け取って、本当にそれを支払口座に設定しているようだ。もっとも、自分だけを課金対象外にするプログラムを追加するよりは、自社サービスの料金を払った方が、コスト・パフォーマンスは良いかもしれない。

〉何だよ、突然。それに、俺は男だよ
〉ナチュラルに言ったんじゃない。ごめん
南雲は、そこでチャット画面を閉じたが、「過去と現在は同居しない」というナチュラルの科白が頭に残った。

♭

美術展が開かれる工芸大学の展示室で、変更が終わったプログラムをチェックしていると、ふいに佳奈が部屋に入ってくる。受賞祝いに三人で飲みに行った際、佳奈はぼくと付き合っていることを南雲助教に伝えていた。ぼくは、そんなことを雇い主に言って、彼女に対する心証が悪くなるのを心配したけれども、杞憂《きゆう》に終わった。彼は「それなら」ということで、美術展が終わるまでの間、佳奈を助手という名目にして、二人分の工芸大学の入構証を申請してくれた。

「今日は、講義じゃなかったの？」

「もう九時よ。とっくに講義は終わっている」

ぼくは、制御用に持ち込んでいるクライアント端末で時刻を確かめる。彼女の言うとおり、学部の講義があるような時間ではなかった。彼女を見上げると、頬が少し赤い。

「飲んでいる？」

「うん。ゼミの学生に誘われて、ジンギスカンを食べてきた。匂う？」

佳奈は、シャツの袖に鼻をつけて匂いを確かめる。ぼくは、首を横に振って、折り畳み椅子を彼女のためにひろげた。

「七月の札幌って、気持ち好いね。梅雨もなくて、いつまでも明るい」

ぼくは、小樽《おたる》で生まれ育ったので、それを意識したことがなかったけれど、金沢出身の彼女には新鮮なのかもしれない。

「夏休みは、金沢に帰るの？」

「どうしようかなぁ、って思っているところ」

結論のない会話だったので、ぼくは、黙ってプログラムのチェックを続ける。

「君は、展示会の間、わたしに手伝ってほしいとか、っていう希望はないの？」

「始まっちゃったら、やることなんて、ほとんどないよ」

「そういう意味で言ったんじゃないんだけれど……」

ぼくは、「ああ、そういうことか」と思って、彼女を休憩コーナーに誘う。工学部の研究棟も、九時近くになると「今夜は泊まり？」という会話が聞こえてくるけれど、それは工芸大学でも同じだった。中には、缶ビールを片手に「これから今日が始まるんだよ」と笑っている学生もいる。ほろ酔いの彼女のためにミネラル・ウォーターを買って、空いているテーブルにつく。

「賞金が入ったら、旅行でもしようか？」

彼女が中途半端にうなずく。同じ研究室でマスターを取って企業に就職した知人からは、ガールフレンドやボーイフレンドと海外旅行をした話を聞かされる。オーバー・ドクターで大学に残った自分は、夏休みと言えば、個人指導の学習塾でアルバイトをする稼ぎ時だ。ここ四、五年、学会のついでに延泊をするのが、ぼくの旅行らしきものだった。それが、コンクールの副賞のおかげで、今年の夏休みは久しぶりにアルバイトをしなくても済む。

「どこに連れて行ってくれるの？」

「佳奈の行きたいところ」

「札幌と小樽かな」

「それじゃ旅行にならないよ」

「だって、去年、北海道を旅行した友だちの方が、わたしより札幌や小樽に詳しいんだよ。『毎日、あんな美味しいものを食べられて羨ましい』って言われる」

彼女は、テーブルの上に組んだ両腕に顎を乗せて、ぼくを見上げるように言う。

「札幌と小樽の美味しいものって何？」

「お寿司、イクラ丼、うに丼、ラーメン、毛蟹《けがに》、ビール……」

佳奈のヴィシソワーズの方が美味しい、と言おうか迷ったけれど、照れくさい。代わりに、金沢で知っている食材を並べてみた。

「夏場に、イクラや蟹は食べない。それだったら、金沢の鰤《ぶり》とかのどぐろを食べてみたい」

「どっちも、冬にしか食べない」

「沖縄は？　こないだ沖縄料理屋でタコライスを食べたら美味しかった」

「せっかく、エアコンをつけないで、夏を過ごせるのに？」

どうやら、はなから旅行に興味がなかったらしい。

「とりあえず、旅行の一泊目ということで、これから、ぼくの部屋に来る？」

「賛成」

彼女は、やっと頭を上げて笑顔を見せる。

「じゃあ、展示室の電気を落としてくるから、ここで待っていて」

ぼくは、佳奈を休憩コーナーに残して、借りている展示室に行く。部屋の奥に置いたクライアント端末に近づくと、少しずつ遅れて、鏡像の中を自分が歩いている。

（あれっ？）

一瞬、奥の鏡像の一枚だけに、ぼくとは逆にドアの方に向かう人影が横切ったような気がした。ぼくは、足を止めて、それより奥、つまり過去が映っているはずの部分を確認するけれども、その人影は、まるで鏡像と鏡像の間をすり抜けたように、奥の鏡にはいない。

壁に設置されたオーロラ・ヴィジョンの映像のうち、人の目で認識できるのは、せいぜい百五十枚程度だ。数分前に、誰かがこの部屋にいたとしても、ぼくと入れ違いに人が出て行った気配はない。

（気のせいか……）

ぼくは、端末に残された過去の映像を確認したかったけれど、彼女を待たせているので、代わりに合わせ鏡のシステムをシャットダウンせずに帰ることにする。プログラムにミスがあるなら、明朝、ここに入ったときに同じ事象を確認できるはずだ。

荷物を持って、部屋の明かりを消す。壁面の合わせ鏡は、外側の鏡像から暗転していき、明るい部分は一秒ごとに小さくなっていく。井戸の中に仰向けに落ちていくとき、目に映るのは、こんな景色かもしれない。視認できる最後の明かりの点がなくなったのを見届けて、佳奈の待つ休憩コーナーに戻った。

「ねぇ、あの合わせ鏡って、無限に鏡像が続いているの？」

地下鉄の駅を出て、月明かりの下を並んで歩く佳奈が言う。

「まさか……」

「どうして、まさか、なの？」

小馬鹿にした口調になってしまったのか、彼女は不服そうな顔をする。「子どもは、知らないことを馬鹿にされるのに敏感だから、塾の先生をしているときは気をつけた方がいいよ」と、ときどき諭《さと》される。

「まず、コンピュータの中に構築するものに無限はない。鏡像を作る処理を止める出口がなければ、記憶領域を使い果たすから、十分もかからないうちにオーバーフローする。それに、過去は無限じゃない」

「過去は無限じゃないの?」

「ぼくの認識している過去は、せいぜい三、四歳からだし、仮にぼくを構成している有機物に何かを記録する機能があったとしても、それは、地球に生命が誕生した四十億年くらい前からしか存在しない」

「なるほどね……」

五十メートルくらいを歩く間、彼女は何かを考えていた。

「記憶の中にしか過去がないって、変じゃない? いまの回りくどい説明より、『ビッグバン以前に宇宙はなかったから』って説明する方が分かりやすい」

「ビッグバンは学説のひとつに過ぎないし、宇宙と時間を並列して語ることの当否を、ぼくは判断できない」

「じゃあ、君は、ビッグバンを信じていないんだ?」

「否定するわけじゃなくて、『そういう仮説を立てると、宇宙の生い立ちを説明しやすいんだろう』くらいに考えている」

そうは言ってみるものの、ぼくは、「過去」というものが分からなくなっている。

現代美術コンクールに入賞したことを両親に伝えると、母から「あなたは、小学校のころから絵が得意だったから」と言われた。市内のコンクールに、二回入賞したことがあったと言う。図画工作のうち、工作が得意科目だったことは覚えている。そのせいもあって、ぼくは農学部か工学部かを選ぶときに工学部にしたのだ。実家に帰った際、「そんなこと、あったんだ？」と母に訊くと、彼女はその入選作と賞状まで見せてくれた。

それにもかかわらず、ぼくは、絵が得意だったことをまったく思い出せない。小樽の倉庫街や洋館を描いた小学生の水彩画は、確かにうまく描けているが、それを描いたのが自分だとは、にわかに信じられない。ぼくはひとりっ子だから、母が誰かとぼくを勘違いしていることはないだろうし、二十年前は、宿題の代行サービスなんていう商売はなかった（いまは、アルバイトで、小学生の自由研究とかの宿題をやっている）。それが自分の「過去」なのか、と疑う。

母にとっては、「小学校のころに絵が得意だった息子が、三十歳近くなって、現代美術のコンクールで入賞した」という経緯は、しごく演繹《えんえき》的な出来事なのだろう。実際に、母は「小学校のころは」と言わずに、「小学校のころから」と言った。けれども、ぼくにとっては、「現代美術コンクールで入賞するくらいの人物なら、小学校のころから絵が得意だったに違いない」という帰納的に作られた過去のような気持ちにさせられる。

本当に、過去が現在を規定しているのだろうか。現在が過去を創作していると疑う余地はないのか。

「どうしたの？」

気づくと、横断歩道を前にして、彼女とつないだ手が伸びきっていた。

「何でもない」

「また、プログラムのことを考えていたんでしょ？」

「違うよ」

ぼくは、夕食をとっていなかったので、コンビニエンス・ストアで五百円の白ワインとツナ・サンドイッチを買って部屋に着く。

「あの合わせ鏡って、速度っていうのかな、重ね合わせる映像のスピードは変えられるの？」

狭い部屋に二人で過ごす時間が増えてから配置を変えた机を挟んで、彼女が言う。

「うん、できるよ」

「ふーん。じゃあ、未来を映すことも可能なんだ」

「未来は無理だな」

「どうして？」

「反射の間隔を決めるパラメータに、符号付きを想定していない」

ぼくは、彼女が頬をふくらませたのを見て、三十分もしないうちに同じ過ちを繰り返したことを反省する。

「つまり、負数は想定していない、ってことなんだ」

彼女の頬は元に戻ったけれども、しばらく応答がない。一般的なプログラミング言語では、データを定義する際、桁数、正負符号の有無、小数点の有無を定義したうえで、コーディングを行う。それが、コンピュータと人間の思考回路で、最も異なる点だと思う。ぼく以外の人が、どんなふうに暗算をするのかを確認したことはないけれど、暗算を始める前に、答えの桁数を決めてから問題を見る人は少数派だろう。コンピュータは違う。プログラマは、答えの桁数等を決めてから演算を行い、その桁数や正負符号の有無に逸脱があれば、そこでプログラムは異常終了する。

けれども、南雲助教から借りている有機素子コンピュータでは、データの桁・型を定義する必要がない。プログラムの実行中でも、コンピュータがデータの型を勝手に変更してしまうし、桁溢《けたあふ》れということもない。

（そして、あのコンピュータには……）

有機素子コンピュータの非常識な特性を考え始めたときに、佳奈の考えがまとまったようで、新しい質問が向けられる。

「普通、過去ってマイナスじゃないの？」

「どういう意味？」

今度は、ぼくが彼女の言っていることを理解できない。彼女は、机に置いてあったリーガル・パッドを取って、ページの真ん中に「現在」と記して、それを丸で囲む。

「ここに、時間の流れを書き足してみて」

ぼくは、少し考えてから、左側から「現在」に向かって矢印を引いて、その起点に「過去」と書いた。矢印の向きは、過去から現在を演繹的に捉えるなら右向きだし、それを帰納的だと仮定するなら左向きだ。けれども、いまここで彼女とそれを議論できるほど、ぼくは、自分の考えをまとめられない。

「でしょ？」

「何が？」

「時間軸の左側が過去なら、過去はマイナス値じゃない」

「現在がゼロならね」

「じゃあ、未来はどこにあるの？」

ぼくは、サンドイッチをひと口食べて、説明を考える。

「未来はないよ。漢字のとおり、まだ来ていないんだから」

「屁理屈《へりくつ》」

「そんなつもりはないけれど、もしこの図に時間の線を足すとすれば、過去の矢印が長くなるだけだ。未来があることを、誰も担保できない」

「だって、こうやって話している間にも、未来は来ているじゃない」

「違うと思う。直前の『現在』が『過去』に変化しただけで、ぼくたちが未来に行くことはできない。ずっと現在にいるんだ」

「だから、そういうのを屁理屈って言うの」

（屁理屈なんかじゃなくて、佳奈が時間に騙されているだけなのにな）

そう思っただけで、反論をしなかった。ぼくたちはそれぞれに専攻を持っていて、それ以外のことについては、お互いに「常識知らず」だと思っている。そして、まだ専門分野で目立った功績を挙げたわけでもなく、一年単位の契約しか取れないぼくたちは、年がら年中、就職活動をしながら、将来に不安を抱えていた。

と思ったところで、ぼくは、笑ってしまう。

（いましがた、「未来」を否定したばかりなのに……）

世界のすべてを論理的に分析したと言う哲学者が、修道院に助けを求めたように、ぼくも、理性だけでは生きていけない。

「何？　ひとり笑いなんかして」

「なんでもないよ」

「当ててみようか？」

彼女のいたずらっぽい笑顔に、ぼくはうなずいた。

「真夜中の十二時に合わせ鏡を作って、悪魔の尻尾《しっぽ》を掴むのを想像したでしょ?」

「悪魔?」

「そう、悪魔。子どものころ、そう信じていなかった?」

「初めて聞いた」

「じゃあ、北海道では、何が出てくるの?」

「何も出てこない」

「もしかして、君は、小学生のころから工学者?」

ぼくは、首を横に振る。六年前、修士論文が通ったとき、携帯電話会社の研究部門に就職できていれば、大学に残ろうとは考えていなかった。

「どうして、真夜中の十二時になると、合わせ鏡に悪魔が現れるの?」

「そういう都市伝説みたいなものがあるっていうだけ」

「ふーん……」

ぼくは、ふと、一時間ほど前に見た合わせ鏡の中の人影を思い出す。

(あれが悪魔だったのか? でも尻尾は見えなかったな)

「まぁ、子どもを寝かしつけるために、大人が考えたんだろうね。夜更かしすると、恐ろしいことが起きるのよ、って」

彼女は変なところで現実的だ。その塩梅《あんばい》が、彼女の魅力のひとつだと思う。ぼくは、時計を見る。いまから展示室に戻れば十二時に間に合うけれど、彼女の機嫌を損ねるのは間違いない。

「明日の十二時に、あの部屋に行ってみようか？」

「それが、わたしたちの札幌観光ツアーの第一日目？」

彼女は、そう言って、向かい側の席を立つ。

「あの展示室は、来月の札幌の最新スポットだよ」

「君のそういうところ、嫌いじゃないよ」

そして、ぼくの首に腕を回して、「悪魔にお願いすることでもあるの？」と耳元でささやく。

「何も思いつかない……」

そう言いつつ、本当に悪魔が現れるなら、ぼくは、その尻尾を摑んで、瞬《また》く間に過去に変わっていく現在から飛び出してみたい。


〈あのオーバー・ドクターと契約社員って、付き合っているんだってさ

南雲は、現代美術コンクールの受賞祝いの後、ひとりで研究室に戻った。友人を亡くし

て以来、繁華街で飲むのも久しぶりだったので、尾内佳奈を帰して、男だけですすきのに二次会がてら遊びに行こうと考えていた。けれども、そんな話を聞いた後で、彼女ひとりを除《の》け者にするのは野暮だ。適当な女友だちを呼ぼうかとも思ったが、数ヶ月、連絡を取らなかっただけで、彼女たちとは、すっかり疎遠になっていた。

＞契約社員って、尾内佳奈のこと？

＞よく知っているな

＞何度か聞いた。そのオーバー・ドクターって、そんなに歳を喰った奴だったんだ？

その科白からすると、ナチュラルは尾内佳奈の年齢を知っているようにも受け取れる。彼女のことは、他愛のない会話で触れたかもしれない。けれども、彼女の歳まで、ナチュラルと話しただろうか。

＞二十九って言っていた。学振《がくしん》（日本学術振興会による研究資金の提供）でも当たらなきゃ、一番、きつい時期だろうな

＞ふーん……

♭

翌日の土曜日、ぼくたちは、昼過ぎまでベッドの中でじゃれあった。二時過ぎにお腹が減って、近所のハンバーガ・ショップで遅い昼食をとる。佳奈は、着替えのために一旦部

屋に戻ると言う。工芸大学の休憩コーナーで待ち合わせることにして、ぼくは、店の前で彼女を見送った。

約束の八時まで時間があったので、部屋に戻って、洗濯と掃除をする。よく晴れた夏の午後で、窓と玄関を開けて部屋に風を通しながら、「旅行の一日目だしな」と思って、無精髭を剃った。剃刀をあてながら、この鏡は、三ヶ月前に血だらけになった自分を覚えていないだろうと思う。

（そもそも、鏡に記憶領域はないか……）

髭剃りを終えて、J・S・バッハの無伴奏チェロ・ソナタのCDをかける。前夜、佳奈との会話で中断した、有機素子コンピュータの特異性を考え始める。そのコンピュータには、キャッシュメモリやハードディスクに該当するストレージという明確なデバイスがない。

プログラムを作り始めたとき、ぼくは、記憶領域がオーバーフローしないように、不要になった鏡像を消すための命令文を探した。プログラミング言語のマニュアルは電子データ化されて、検索ワードを入力すれば、たいていのことを解決できるし、コーディング画面では、候補の命令文をプルダウンで選択できる。ファイリングされた紙のマニュアルをめくるのは、ぼくにとって初めての経験だった。目的のコマンドが見つからずに、南雲助教にやり方を訊いた。

「不要になった領域をクリアする命令文が見つからないんですけれど、分かりますか」

「ないよ」

彼は、まるで当然のことのように答える。佳奈だったら、きっと頬をふくらませたに違いない。

「ない？　データをFIFO《ファイフォ》で消したいだけなんですけれど」

佳奈に説明するなら、FIFOとは、〝First In, First Out〟の略で、新しくデータを記録する際に、一番古いデータを消す仕組みのことだ。プログラマには一般的な方式で、「ところてん方式」なんていうふうに喩《たと》える。

「だから、それがない。おまえが考えているよりも、そのコンピュータは、もっと人間的なんだ」

南雲助教は、副業用のモニタを眺めながら言う。

「人間的って、どういうことですか？」

「ある学説が反証されたとき、それを忘れることができるか？　たとえば、地動説が立証されたときとか、ダーウィンの進化論でもいい」

ぼくは、彼の背中を眺めながら、首を横に振った。事実、天動説も、新約聖書の受胎告知のエピソードも知っている。

「まぁ、忘れることはありません」

「そうだろ。新しい学説が正しそうだからと言って、頭の中から消し去ることはない。人間にできることは、『天動説』というレトロニウムを作って、それを覚えてはいるけれども、『地動説』に則《のっと》って天体観測を行うことだけだ」

「それと、この有機素子コンピュータにデータを消去するコマンドがないのと関係があるんですか？」

彼は、椅子を回転させて、できの悪い学生を眺める表情を向ける。

「普通のコンピュータなら、不要なデータやコードは消すことができる。でも、このコンピュータは、新しく書き込まれたものを覚えるだけだよ」

「でも、それだったら、どこかでストレージがオーバーフローしてしまいますよね」

「もう三年、このコンピュータを使っているけれど、それで不具合があったことはないな。人間だって、日々、新しい情報を仕入れているけれど、記憶がオーバーフローするなんてことはないだろ」

「そうですけれど……」

南雲助教の説明に納得したわけではないけれども、反論を思いつくこともできなかった。そんな会話を思い出しながら、待ち合わせの時間よりも早く、工芸大学の展示室に向かう。

彼の言うとおり、一人称において「忘れる」という動詞は遣いにくい。ぼくは、母から小学校のときに描いたという自分の絵を見せられても、その過去を思い出せない。母からすれば、「息子は絵が得意だった過去を忘れている」と言えるのだろう。けれども、一人称であるぼくは、そのことを忘れてさえいない。ある時点で「そんなこともあったな。忘れていた」と言えるならば、少なくとも、その記憶の存在を探り出しているのだから、「忘れていない」ことになってしまう。コンピュータに置き換えるなら、「忘れていた」という時点で、データは失われていても、そのデータのインデックスは残っていることになる。

工芸大学の展示室に入って、明かりを点ける。

ぼくは、しばらく入り口に立ったまま、壁面の大きなモニタを眺めたけれども、昨晩のような人影が出現することはなかった。プログラムを一旦止めて、有機素子コンピュータがどんな画像を記録しているのかを確かめてみることにした。記録された画像は、合わせ鏡として編集される前のものに、撮影された時刻とカメラ番号をインデックスとして付与していた。

（佳奈がこの部屋に来たのは九時過ぎだったから、だいたい九時四十分ごろかな……）

ぼくは、有機素子コンピュータのクライアント端末に使っているノートパソコンで、昨夕《ゆうべ》の九時四〇分〇〇秒の左壁のカメラが撮影した画像を検索する。検索処理は、百八十秒後にタイムアウトした。

「さすがに、十五時間も前の画像までは保存していないか」

　ぼくは、ノートパソコンの画面を眺めながら、誰もいない展示室でため息をついた。人間であれば、昨夕の光景を思い出すこともできるが、コンピュータは違う。十五時間は五万四千秒になり、一秒につき二つの画像が発生するから、約十一万個のデータを保存しなくてはならない。パソコンで電卓を開いて、十五時間で発生するデータの容量を計算する。ひとつの画像データが十メガバイトとすれば、百十万メガバイト……

（あれ？　たったの一テラか……）

　ひと昔前であれば、一テラバイトのデータを記録するとなれば、広辞苑《こうじえん》程度の大きさが必要だったかもしれないが、いまでは文庫本サイズの携帯ストレージに入る容量だ。人間が十一万個の映像を記憶することはできなくても、コンピュータには難しくないデータ容量だ。この有機素子コンピュータが作られたのは、一九九〇年代の人工知能開発の研究所だと聞いている。当時の優秀な技術者が作ったものが、テラ・サイズのデータを記録できないのであれば、あまりにお粗末だ。

　ぼくは、データ容量を検算してから、南雲助教にメールを送った。本当は、直接話して、すぐに解決したかったが、土曜日の夕方に上席に電話をかけるのは気が引ける。けれども、五分もしないうちに返信が来て、有機素子コンピュータに問題があるなら、研究室でモニタリングをするから電話をしても構わないと書かれている。ぼくは、クライアント端末の前で、携帯電話を取り出した。

「土曜日の夕方に、すみません」

「構わないよ。この時間帯はピークだから、トラフィックを眺めていたところだし……」

以前は、週末の夕方に、工学部の駐車場で彼のアウディを見かけることはなかった。まだ、彼は落ち込んでいるのかもしれない。

「ぼくが借りている有機素子ブレードの記憶容量って、どれくらいですか？」

「ブレード一枚を人間の脳と同じくらいの容量で設計したとは聞いている」

「人間の脳って言われても……、コンピュータの単位なら、どれくらいになりますか？」

「まぁ、一般的に使用している部分は、数ペタってところじゃないか」

「ペタ？　千テラってことですか？」

すぐに、その単位を想像できない。

「そうだよ。で、それが、どうかしたか？」

「さっき、十万レコード程度の範囲のデータ検索でタイムアウトになったものですから……」

「ふーん……。ちなみに、数ペタっていうのは有効な容量で、全体の容量はもう二桁は上のはずだよ。人間の脳で、使っていないようにみえる領域があるのと同じだ」

そうなると、それはエクサ・サイズに近い。漢字の単位なら「兆」を通り越して「京《けい》」になる。そんなに大きなデータ容量を扱えるＯＳがあるのだろうか。記憶容量が大き過ぎて、検索処理が非効率になっているのかもしれない。

「分かりました。ありがとうございます」

「また何かあったら、電話してくれ」

ぼくは、一旦、南雲助教との電話を切った。昨夕、佳奈を待たせてでも確認しなかったことを後悔しながら、タイムアウトの設定を二倍に長くして、再検索をする。結果は同じだった。折り畳み椅子の背もたれに身体を預けて、佳奈がほろ酔い加減で書いた時間のモデル図を思い出す。

空間というものがあるなら、ぼくは、そこに張られた細い糸の上を時間の流れに合わせて、後ろ向きに歩いているのだろう。面積もない一次元の糸の上に立ち、進むべき先の未来を見ることはできない。ぼくに見えるのは、そこから過去に向けて光速で広がっていく円錐の中にあるものだけだ。佳奈がどんなに傍にいてくれても、ぼくに見えるのは過去の彼女だ。

(過去を見ているなんて、ただの思い込みなのか……)

ぼくが見ているものは、時間のパースペクティヴを無視した網膜というスクリーンに映った像だけなのかもしれない。そのスクリーンに映らない古すぎる「過去」は、ぼくの記憶の中に不確実に存在するだけだ。自分に対して「某日、何時何分何秒」を指定して、そのときの網膜の映像を検索できないように、見えなくなってしまった「過去」はすでに物語の一部に過ぎない。

ふいに扉をノックする音が聞こえる。折り畳み椅子に身体を預けたまま、首だけを展示室の入り口に向けると、ジーンズに赤いストライプのカット&ソーンを着た佳奈が立っていた。

「やぁ……」

「本を読む気にもならなくて、早めに来ちゃった。邪魔だった?」

耳に届いた声と、目に映る彼女のくちびるの動きとは、パースペクティヴを無視している。

(音速と光速では、約百万倍も違うのに……)

「そんなこともない」

「そういう邪険な言い方って、失礼だよ」

「ごめん。プログラムのどこかにミスがありそうなんだけれど、見当がつかないんだ」

佳奈は、折り畳み椅子をひろげて隣に座る。

「どんなミス?」

その問いかけに、前夜に映し出された影の話をすれば、佳奈はそれを「悪魔」と呼ぶのだろうか。

「昨夕、帰り際に、変な画像を見た気がしたから、それを検索しているんだけれど、処理に時間がかかり過ぎるんだ」

「ふーん……。どんなふうに変だったの？」

「奥の方の鏡像にだけ、突然、人影が映った。でも、その画像を検索しようとしても、うまくいかなくて、なんだか自信をなくしていた」

ぼくは、頭の後ろで手を組んで、佳奈を眺めた。

「南雲さんには、訊いてみた？」

「うん、さっき電話して、有機素子コンピュータの記憶容量がどれくらいかを確認したけれど、容量面では記録されているはずだった」

「君って、ときどき記憶と記録を混同して遣うよね」

「そうかな」

「記憶は思い出すもので、検索するものじゃないよ。検索するのは、記録」

「それは意味のない言葉遊びだ」と言いかけて、その科白を飲み込む。ぼくは、目の前にある鮮やかな緑色の林檎が「青林檎」という名前だとしても、何も疑問を感じない。緑色のものに「青」と名前をつけただけだ。けれども、佳奈は、言葉の意味と実体が乖離しているというだけで、数千ワードの論文を書ける。

「普通のコンピュータのデータ記憶装置は、メモリとストレージなんだけれど、この有機素子コンピュータには明確なストレージがないんだ。だから、ときどき混同するのかもしれない」

　そう言いながら、再び、絵が得意だった小学生のことを思い出す。彼の母は、記録と記憶が一致している。けれども、当の本人であるはずの彼は、それらが一致しない。ぼくは、何かを言い出そうとした佳奈の声をさえぎって訊く。

「過去って、どこにあるんだろう？」

「何？　突然……」

「昨夕のぼくと、いまのぼくが、同じ人間であることを、誰が証明できる？」

　くちびると舌と呼吸を器用に使って声を発したぼくと、その声を聞いたぼくでさえ、それは連続しているのだろうか。

「少し休憩しない？」

　佳奈は、ぼくの腕に手を添えて言う。

　南雲は、副業で使っている有機素子コンピュータの使用状況を眺めるのに飽きて、夕食をとりに行こうとしたところだった。机に置いてあったアップル・ウォッチを左腕につけた途端、パソコンの画面にチャット用のウィンドウが現れて、ナチュラルが話しかけてきた。

〉南雲、そこにいたのか？
　自分で運営しているシステムでは、アカウントの乗っ取り防止と称して、ウェアラブル・コンピュータを身につけているときだけ、チャットができる仕組みになっている。今日、研究室に来てから、ナチュラルとは話していなかったが、前日からサイトにログインしたままだったのだろう。だから、アップル・ウォッチをはめたときにチャットが始まるのは、システムとして正しい動作だ。けれども、突然、画面に自分の名前が表示されて、監視されていたような気分になる。
〉昼過ぎから、ここにいたよ
〉週末に研究室にいるなんて珍しいね
　利用客が集中しても閾値《いきち》の八十パーセントでサーキット・ブレーカーが作動するので、システムを監視する必要はなかった。けれども、「週末に研究室にいるなんて珍しいね」と茶化す本人がいなくなって以来、遊び半分の女友だちと週末を過ごすのも億劫《おっくう》になっていた。
〉一緒に仕事をしていた奴が、こないだ亡くなってさ、週末も俺がシステムを監視しなきゃならない
〉嘘っぽいな
　アップル・ウォッチからは、南雲の脈拍がシステムに送られているので、チャットの相

手が自分の心理状況を（ある程度）把握していたとしても不思議ではない。けれども、その会話は、まるで亡くなった友人が話しかけてきたように自然だった。

＞ナチュラルは、いま、どこにいる？

コンピュータはゴールのない命題が苦手だ。南雲は、それを承知で、馬鹿げた問いをナチュラルに投げかけた。営業用の会話システムでは「さくら」のアルバイトを雇っていて、こういった現実的な質問に対して、虚実はともかく、すぐに応答が可能だ。けれども、ナチュラルは、有機素子ブレードの中にいて、そのことを自覚できない。

＞さぁ……。過去かな？

＞過去？

人間とコンピュータで会話を比べると、命題に対して解がないとき、「分からない」と応答するまでに、コンピュータはどうしても時間がかかる。人間は、相手の質問を聞きながら文脈を理解して、すぐに解答を諦めてしまうが、コンピュータは、命題をすべて取り込み、それを分析したうえで、所与のデータベースをタイムアウトになるまで検索する。たとえば、『悪霊』という名前の日本人はいるか？」という質問に、たいていの日本人は、「たぶん、いないと思う」と即答するだろう。対して、コンピュータは、総務省や年金機構をハッキングして、一億二千万人分のデータを検索した後に、初めて「いない」と回答する（もっとも、検索母数が一億レコード程度であれば、コンピュータの方が速い）。

「さぁ……」と時間稼ぎをするあたりは、友人が遺したプログラムらしく優秀だが、その結果が、「分からない」ではなく誤答だったことに、南雲は考え込んでしまう。
誤答の次は言葉遊びか、と思う。否定形での挑発的な発言は、会話量に課金するビジネスとしては有効かもしれない。けれども、それは、長時間に亘る文脈を理解していなくても、ある程度の会話が成立してしまうので、会話アルゴリズムの実験としては不適切なアプローチだというのが、南雲の持論だ。友人も、その点は意見が同じだった。
〉現在ではないってことだよ
〉飯、喰ってくる
南雲は、納得できない気持ちのままアップル・ウォッチを外して、会話を切り上げた。

♭

「プログラムのミスなんて、しょっちゅうあることでしょ？」

工芸大学の休憩コーナーで、佳奈は、ペットボトルの烏龍茶《ウーロン》を買ってきてくれる。

「そうだね」

烏龍茶をひと口飲むと、その冷たさが胃に伝わる。ぼくは、思ったより長い時間、水分をとっていなかったのかもしれない。「いつから？」と自問して、部屋を出る前に、佳奈が作り置きしてくれた水出しのコーヒー以来だと記憶を遡《さかのぼ》る。今日は、北海道らしい乾いた夏の日だ。喉が渇いても不思議ではない。過去と現在がつながる。

「だったら、いつもどおりのやり方で解決していけばいいだけだよ」

佳奈の不安そうな目を見て、自分は、どんな表情をしているのかなと思う。けれども、ぼくは、佳奈の思いやりの言葉を聞き流して、質問をした。

「記憶と記録は違うものだとして、記憶ってどこにあると思う？」

「記憶は頭の中。記録は外部」

「じゃあ、記憶は個人に独占されるもので、記録は共同体に共有されるものとも言える？」

「独占と言っていいかは難しいかも。だって、わたしたちは、昨夕の出来事を記憶として共有しているでしょ」

「それが同一である証拠がない」

「同一かどうかは別として、ニアリィ・イコールであることは確かだと思う。現に、昨夕の約束を共有しているから、わたしたちは、いまここで会っているんだもの」

ぼくは、烏龍茶を飲んだ。

「ニアリィ・イコールの記憶の積み重ねで、共同体とか家族ができあがっていくんだよ」

「ぼくと佳奈みたいに？」

ぼくのリップサービスに、佳奈は、不安げな表情をほぐしてうなずく。けれども、ぼくは、すでに、佳奈と積み上げてきた記憶に対して確信を持てない。佳奈の言うとおり、記録は自分の外部に存在するとしても、それを見る自分自身は現在にしかいない。記憶だろうが、記録だろうが、結局、現在という瞬間にしか存在しないのではないかと思う。ぼくは、次の命題にぶつかる。

（過去って、現在と並列で語れるものなのか？）

もしかすると、過去も未来も、現在というスクリーンに内包されているのかもしれない。そして、そのスクリーンは、時間のパースペクティヴを無視している。

烏龍茶を飲み干して、二人で展示室に戻る。

「ミスがあったとき、いつもは、何から始めるの？」

佳奈は、展示室の中央に立って、ぼくを振り返る。

「再現テストかな。もう昨夕と同じ状態には戻れないから、似たような状況を作って、同じ事象が発生するのを待つ」

「手伝えることはある？」

ぼくは、制御用のクライアント端末の前に座って、昨夕の状況を思い出す。

「いま、システムを起動するから、合わせ鏡の間を歩いてほしい」

「それだけ？」

「ぼくは右側の映像を見ているから、佳奈は左側の映像に人影が見えたら、手を挙げて合図してくれればいいよ」

ぼくは、合わせ鏡を開始するコマンドを入力した。暗黒だった画面の外枠から徐々に白い壁が映し出され、やがて黒い部分はモニタの中に吸い込まれるように一点に集中していく。

「ブラックホールから脱出するときって、こんな感じだろうね」

佳奈が、展示室の中をゆっくり歩きながら言う。

「佳奈は、ブラックホールを見たことがあるの？」

「あるわけないでしょ。たとえばの話」

プログラムの理論上、片面のモニタに二五五人の佳奈が映る。「ブラックホールから脱出するときって、こんな感じだろうね」と微笑んだ彼女は、どの鏡像に映っていたのだろう。ぼくたちは、それぞれの壁のモニタを見つめていた。鎖骨の下で切り揃えた黒髪、赤いストライプのカット＆ソーンに隠れた形の良い乳房、善し悪しはともかく素直な性格が表れた横顔。ぼくは、自分が彼女に恋をしているんだなと、改めて思う。

「何も変わったものは映らないね」

「うん……」

佳奈が、退屈そうに言う。

「ねぇ、合わせ鏡のスピードを変えてみるっていうのは、どうかな？」

「どうして？」

「たとえば、いまの設定よりも短い間隔で合わせ鏡を作れば、それだけサンプリング・データが増えるわけでしょ」

「じゃあ、一旦、システムを止めるよ」

そのテストは、この展示室を借りて、プログラムを改変した際に確認済みだった。けれども、佳奈の厚意を無駄にするのも憚られる。ぼくは、合わせ鏡を作る間隔を一秒から〇・五秒に変更して、システムを再起動した。

「ちょっと本物の鏡に近くなっただけで、何も変わらないね」

しばらくして、佳奈が言う。

「まぁ、そうだね」

「いっそのこと、ゼロにしてみるのは？」

「本物の鏡だって、光には速度があるし、ゼロ除算になってプログラムがエラーになる」

「でも、実験なんだから、エラーになってもいいんじゃない？」

展示室の中央で、佳奈が首をかしげる。コンピュータで正の数をゼロで割れば、正の無限大になってしまう。コンピュータには無限大という数値は存在しないので、通常、ゼロ除算が発生するときは例外処理として扱う。けれども、遊び半分で作ったプログラムで、他人がパラメータを設定することを想定していなかったので、ゼロ除算の例外処理を省略していた。ぼくは、そのことを佳奈に説明する。

「コンピュータは、無限大っていう概念でしかない値を扱えないんだ」

「二人だけの実験なんだし、エラーになっても問題ないと思う」

佳奈の言葉にしばらく迷う。言われるとおり、エラーになったとしても、システムが異常終了するだけだ。南雲助教から借りている有機素子コンピュータの領域は、ブレードが分割されているので、彼の副業に悪影響があるとも考えられない。加えて、この特殊なコンピュータが、無限大という概念を扱えるのか、興味が湧いてきてしまった。

「うん……。いま設定しなおして、再起動する」

作業は五分もかからない。佳奈は、展示室の真ん中に立ったままだった。すぐに、ゼロ除算でエラーになるはずだった。けれども、システムを再起動して、画面に現れたのは、さまざまな過去だった。

——女子大の講義の際に着る黒のジャケットを羽織った佳奈が、アルコールで頬を赤くしている

——南雲助教が、大学の研究室で、自分を相手にじゃんけんをしている

——ぼくが、研究室で、マグカップを持ちながら、何かを悩んでいる

——現代美術コンクールの審査員が、小難しい顔をしながら、iPadを揺らしている

——真っ暗な展示室で、クライアント端末のモニタだけが白く光っている

—ぼくが、展示室のクライアント端末の前で、キーボードを叩いている
—誰もいない真っ白な展示室
—ぼくと佳奈が、研究室でｉＰａｄを二人で持って何かを話している
—佳奈が、展示室の真ん中で、ぼくに微笑む
　誰かの頭の中にあった記憶を、一瞬で吐き出してしまったように、時間のパースペクティヴを無視して二五五枚の鏡像が重なり合いながら、大画面モニタの中央に集約していく。
「すごいっ」
　現実の佳奈が振り向いて声を発したとき、ぼくは、鏡像の中に見るはずのない人影を見る。南雲助教の共同研究者だった。
「これを作ったとき、もう死んでいたはずだ」
　思わず声にして、システムを停止させるコマンドを入力しようとする。
「えっ？」
　佳奈は、振り向いたままだったので、その人影を見なかったのだろう。ぼくが、慌ててキーボードを叩こうとしたとき、鏡像の中の彼は、ぼくに向かって手を差し出したように見えた。
　そして、ぼくは、現在という瞬間から、滑り落ちた。

南雲は、医学部の附属病院にあるファミリ・レストランで早めの夕食をとりながら、ナチュラルとの会話で感じる薄気味悪さの原因を考えていた。

通常、チューリング・テストは、壁の向こう側にいるコンピュータと人間を見分けにくくするため、音声ではなく英文テキストで会話をする。簡単な判定方法のひとつは、人間のスペル・エラーだ。コンピュータがスペルを間違えることはないが、人間はときどきスペルや文法、前置詞などを間違える。日本語では、漢字の誤変換が見分けやすい。副業の出会い系サイトで、「さくら」と呼ばれるアルバイトは、コンピュータから送られた例文を、そのままコピー・アンド・ペーストで利用できる。このため、四百分の一の頻度で、漢字の誤変換を織り交ぜるロジックを追加していた。その他にも、チューリング・テストに関する研究論文で、これまでにコンピュータだと見破られてしまった原因の対応策を、ロジックとして組み込んである。

サイトの利用客と南雲の決定的な違いは、インターネットの向こうにいる話し相手が、コンピュータであることを知っている点だ。だから、多少、不自然な会話になったとしても、南雲は違和感を持たない。コンピュータと人間では、得意とする思考、計算能力に差異がある。このため、チューリング・テストでは、コンピュータの得意とする能力をあえて抑止する。コンピュータにとっては、一種の退化と言っていい。
（むしろ、人間よりも思索を深化しているように感じさせるのが、薄気味悪さの正体か……）
研究者として優秀だった友人が遺したプログラムとはいえ、ナチュラルは、あまりにも人間くさい。何がそう感じさせるのかは分からないが、何かがコンピュータらしくない。
南雲は、味気ない夕食を終わらせて研究室に戻ると、アップル・ウォッチを腕につけた。
＞戻ったよ
＞美味しいもの、食べれたか？
（今度は、「ら」抜き言葉か……）
南雲は、亡くなった友人に少々呆れながら、返事を入力する。
＞クラブハウス・サンド
＞俺も、サンドイッチは好きだよ
（まぁ、そういうふうに設定したからな。ナチュラルが好きなサンドイッチは、苺ジャムかエッグサンドだろ）
＞ところで、ナチュラルのいる「過去」って、どこのこと？
＞さっきも言ったけれど、現在じゃない
＞現在じゃない場所は、いくらでもある

＞たとえば？

コンピュータにそう訊かれて、空間と時間を混在させた会話が成立することに戸惑う。

＞ビッグバン以前

＞そんなものは、物理学者の想像の産物だ

＞じゃあ、過去はどこなんだ。肯定形で教えてくれ

＞南雲が、一番よく知っているだろ

南雲は、納得もしなかったし、否定もしなかった。

♭

ぼくは、きっと、あのとき悪魔の尻尾を摑んでしまったのだろう。あるいは、悪魔が差し伸べた手を思わず握ってしまったのかもしれない。

いまは過去にいて、「現在」という瞬間を眺めている。まるで、遠い惑星から、地球にいる恋人を覗いているように。

現代美術コンクールの展示は無事に終わって、佳奈とぼくは、後片付けをしている。南雲助教も、機材の撤去の手伝いに来てくれた。

「南雲さん、この合わせ鏡って、反射のパラメータをゼロにすると面白いんですよ」

佳奈と南雲助教の会話が見える。ぼくは、過去にいて、現在を眺めながら、過去を作り

直していく。

「へぇ、どうなるの？」

過去にいるぼくは、その会話を聞きながら、プログラムにゼロ除算の例外処理を組み込む。

「これまでの画像が滅茶苦茶な順番で映し出されるんです。ねっ？」

佳奈は、そう言って、ぼくに同意を求める。南雲助教は、クライアント端末をネットワークから外す手を止めて、十秒後に「見てみたいな」と言う。

「もう部外者はいないから、またやってみようよ」

佳奈が、ぼくに向かって言っている。

（残念だけれど、もう修正済みだよ）

心の中で答えるけれども、ぼくは、佳奈のために、クライアント端末の前に行く。これから三十秒間、佳奈がぼくの傍に来ないことを確かめて、合わせ鏡の反射間隔のパラメータを、こっそり〇・〇一秒に設定する。そして、三十秒後のぼくに、「じゃあ、システムを再起動するよ」と言うように仕向ける。

「じゃあ、システムを再起動するよ」

合わせ鏡の中に、佳奈と南雲助教、そして、ぼくの抜け殻が映し出される。

プラネタリウムの外側

わたしの前からいなくなってしまった彼について、コンピュータで思索方法や口癖を再現する会話シミュレーションは、そんなに難しくないだろう。日々の出来事やニュースを「彼」に聞かせていけば、二人で同じように歳をとり、いつか老夫婦のような会話ができるかもしれない。コンピュータが、彼の心まで再現する必要はなく、そこには空虚なアルゴリズムがあればいい。もともと、どれだけ同じ時間を過ごしても、彼の気持ちや心の痛みは、わたしの想像の産物でしかない。

ほとんどの出来事は、コンピュータの中で同じ時間を過ごしたことにすれば共有できる。もしかすると、多くの後悔や誤解も、共有した時間とともに、わたしの中から消えていくかもしれない。共有できないものがあるとすれば、それは、彼がわたしの前からいなくなる間際の出来事くらいだ。コンピュータがどんなに進化しても、死者と死の瞬間の経験を語り合うことはできないだろう。

それを頭で理解していても、わたしが知りたいのは、そのときの彼の気持ちだ。

藤野《ふじの》教授に連れられて工学部の研究室を訪ねたとき、南雲という助教は、ひとりでパソコンのモニタを眺めていた。席の向こう側に窓があり、彼の表情は逆光で分かりにくかったけれども、どこか自分と似ていると感じた。

「こんにちは。南雲君に、ちょっと、お願いがあるんだけれど」

彼は、藤野教授の声に、面倒くさそうにこちらを向く。

「ああ、こんにちは……」

期限付きの助教なのに、研究棟の一室を与えられているのは異例の好待遇だ。窓際に四つある机は、彼のもの以外のひとつは誰かが使っている気配があるが、残りの二つは空いているようだった。

藤野教授から会話プログラムを作ることに関しては若くて優秀な研究者だと聞いていたので、わたしは、髪はぼさぼさでサンダル履きの男を想像していた。予想に反して、南雲助教は、どちらかというと新興IT企業の経営者といった雰囲気の男で、ネクタイこそしていなかったけれど、タートルネックのセーターもジャケットも仕立てが良さそうだし、靴も真新しいスニーカーだった。雪と雨が交互に降り、すぐに冬を迎える十一月の札幌で、白いランニング・シューズを履いている男は少ない。工学部の研究者らしいところといえば、新し物好きで、アップル・ウォッチをつけていることくらいだ。

「こちら、学部二年生の佐伯衣理奈《さえきいりな》さん」

藤野教授が、わたしを紹介してくれる。

「はじめまして、南雲です」

「佐伯です。よろしくお願いします」

彼は、面倒くさそうに立ち上がって、円卓の椅子をわたしたちに勧める。

「コーヒーかココア、飲みますか？」

「お気遣い、ありがとう。でも、すぐに済む話だから、気にしなくても大丈夫」

（すぐに済む話でもないのだが……）

わたしがここに来た目的は、直近の事情だけで二ヶ月分の経緯がある。

「まぁ、ここは喫茶コーナーじゃありませんからね」

「悪いけれど、しばらく、佐伯さんの面倒を見てくれない？　彼女、自分用の会話プログラムを作りたいってことなの」

（本当に、面倒くさそうな顔をする奴だなぁ）

わたしは、交渉を藤野教授に任せて、黙っていた。

「会話プログラムを作るなら、そこらへんのポスドクでもいいんじゃないですか？　佐伯さん、美人だから、きっと手取り足取り教えてもらえますよ」

(誰にでも『美人』って言っていそう)

「だから、南雲君にお願いすることにしたの。君、半径十メートル以内の女に手を出さないでしょ?」

「たまたま、半径十メートルに、美人がいないだけです」

(おいおい、いまさっき、わたしを『美人』って褒めていなかったか?)

「ねぇ……、それって、わたしが美人じゃないってこと?」

藤野教授が、腕を組んで、わたしの気持ちを代弁する。南雲助教は、はぐらかすのかと思ったら、はにかんだように笑うだけだった。もしかすると、藤野教授に対して特別な感情があったのかもしれない。言動はともかく、彼の声は耳に心地好く、それが「女たらし」ふうだ。

「まぁ、いいか。じゃ、お願いね」

南雲助教が言い訳を始める前に、藤野教授は席を立ってしまう。わたしも釣られて腰を上げかけた。

「佐伯さんは、そこらへんの机をひとつもらって。気にしなくても大丈夫。ここは、わたしの研究室よりもずっとお金があるから、パソコンも椅子も、好きなものを買ってもらいなさい」

円卓にわたしを残して、藤野教授は部屋を出ていった。二人になってしまうと、彼は円卓に両肘をついて手で顔を覆っている。馴れ馴れしい口調から、藤野教授とは付き合いが長そうだけれども、期限付きの助教に口答えは許されないのだろう。

「改めて、工学部二年の佐伯衣理奈です。よろしくお願いします」

わたしは、手持ち無沙汰になって、もう一度、自己紹介をした。たいていの男は、わたしの「イリナ」というロシア風の名前に興味を示してくれるのだが、彼は、何も言及しなかった。

「で、どんなプログラムを作りたいの？」

彼が、顔を上げて訊く。

「話すと長くなるんですけれど……」

「さっき、すぐに済む話だって言っていなかった？」

「それは、きっと教授の話は『すぐに済む』ってことだったんだと思います」

アカウントの登録は無料でもゲームを進めるうちに課金されるような話だと、彼に同情する。

「じゃあ、そのうち、ゆっくり聞く。言語は、何を使えるの？」

「C言語とJAVAを少々。でも、南雲さんの研究室のIDA‐Ⅺっていうサーバーを使わせてもらうように言われました」

「アイディーエイ・イレヴン？」

「そう、藤野教授から伺ったんですけれど……。そのサーバーってなんですか？」

南雲助教が、呆れた顔をする。

「奈緒ちゃんに訊いた方が早い」

「ナオちゃん？」

「自分を連れてきた女の名前も知らないの？」

言われてみれば、そのとおりだが、五十代の教授を「ちゃん」づけで呼ぶのも、どうかと思う。

「ＩＤＡ-Ⅺって、どんなサーバーなんですか？」

南雲助教は、席を立って、二段分の書架を開け、きれいに並べられた数十冊の分厚いファイルを指差した。

南雲薫は、どうにも、上司の藤野奈緒が苦手だ。

学部で三年に進級する際に研究室を選んでから、かれこれ十三年の付き合いになる。博士課程を修了した二年後に助教として採用され、その後も契約更新を推してくれたのだから、自分の能力を買っていることに間違いはない。そのわりに、進路についても、研究内容についても、直接の助言なり指導を受けた記憶がない。彼女が南雲に与えたものといえば、博士課程の専攻をチューリング・テストの応用にすると決めたときに、共同研究者を道内の工科大学から引き抜いてくれたことと、学内ではほとんど知られていない有機素子コンピュータの存在を教えてくれたことくらいだ。

他大学の出身で、とくに目立った研究成果も知らないが、南雲が学生だったときには、三十九歳の若さで教授だった。そのころの学内は、いまほどセクハラを騒がなかったので、学生の間では「奈緒ちゃん」と呼んでいた。それも、いつのまにか、研究室で彼女をそう呼ぶのは自分だけになっている。次期学部長の声もかかっているようなので、南雲も気を遣ってはいるが、彼女を前にすると、つい「奈緒ちゃん」になってしまう。

南雲は、有機素子コンピュータのマニュアルをめくり始めた佐伯という学生を放って、自前の会話システムにログインする。

＞奈緒ちゃんから、変な学生を押し付けられた

相手は、南雲の友人だった男を設定した会話プログラムだ。上司を「奈緒ちゃん」と呼んで通じる数少ない相手だ。

＞いきなり愚痴か？

＞悪いな。自分用の会話プログラムを作りたい、とか言っている

＞ふーん……

〉奈緒ちゃんって、俺たちがやっているサイトのことを知っているのかな？

〉南雲の金回りがいいから、気づいているんじゃないのか
南雲は、チューリング・テストの共同研究者として藤野から紹介された男と、秘密裏に出会い系サイトを運営していた。そのサイトに使っているサーバーの型番が、佐伯という学生が口にした有機素子コンピュータだった。期限付きの助教が、学外でアルバイトをする分には目を瞑《つむ》ってもらえるが、さすがに、大学所有のコンピュータを使って、年商一億円以上の出会い系サイトを運営しているとなれば、即時に解雇は免れないだろう。監督者である藤野に、出世欲があるとは思えないが、次期学部長の話も消えてしまうに違いない。

〉ところで、どんな学生？　男？　女？

人間側の入力が途切れると、自動的に会話を継続させようとするところが、共同研究者だった友人と設計したアルゴリズムの特徴だ。出会い系サイトでは「さくら」と呼ぶアルバイトを雇っているが、チューリング・テストの研究成果を応用して、半自動的な会話システムを実現させている。利用客はリストバンド型のウェアラブル・コンピュータを装着しているときだけサイトにログインが可能で、そのデバイスから送信される脈拍等の心理状態のデータを解析する。有機素子コンピュータに搭載したアルゴリズムは、解析結果から彼（女）が求めている応答を作成し、「さくら」のモニタにコピー・アンド・ペーストが可能な状態で送信する。その仕組みによって、サイトの利用客は、「さくら」が自分の

よき理解者だと思い込んで、固定客となる。
友人は、そのアルゴリズムを改良して、「さくら」を介さない完全な自動会話を実現するプログラムを構築していた。
＞佐伯。学部の二年生。女だよ
＞南雲が乗り気になれないってことは、美人じゃないんだ？
円卓に頬づえをついている学生をモニタ越しに眺める。佐伯衣理奈は、マニュアルをめくっているが、字面《じづら》を追っているだけで、読むという行為からは程遠い表情をしている。目立つほどの美人でもないし、自分の顔立ちに合うヘアスタイルも模索中といったところだろう。ただ、十五年後に街ですれ違うことがあっても、「目立つほどの美人ではない」状態を維持しているタイプだ。
＞美人の部類だけれど、奈緒ちゃんが連れてきた学生だからな
＞意外と俺の代わりだったりするのかもね
南雲は、モニタに映し出されたメッセージを見つめる。
共同研究者だった友人は、九ヶ月前、二月の雪の夕方に突然死している。予兆もなく不在になった友人の代わりとして、南雲は、彼の性格や口癖を会話プログラムに設定して、「ナチュラル」というスクリーン・ネームをつけた。最初は、友人が実験途上だった全自動会話のアルゴリズムを確認する程度のつもりだったのが、いつのまにか、研究室に引き

籠りがちになった南雲の話し相手になっていた。

ナチュラルは、自分が死んでいることを知らない。少なくとも、南雲は、その設定をしなかった。つまり、このシステムの中で「俺の代わり」は、不要な存在だ。


〉何か気に障《さわ》ったか？

〉なんでもない。コーヒーを飲みたくなったから、ログアウトするよ

（『俺の代わり』って、何だ？）

近親者が他界した後、残された者がブロークン・ハート症候群という強度のストレス状態に陥ることがある。こういったケースに対して、人工知能と称するアルゴリズムを用いた会話プログラムを作成し、症状を緩和する実験は民学問わずに行われている。けれども、その会話は、「もし彼（女）が生きていたら、こんな会話を続けていた」という前提のもとに行われ、プログラムは自分の「死」を知らない。

ナチュラルも同じはずだった。彼の死を知っているのは、会話システムというフレームの外にいる者だけだ。

♭

居心地が悪い。

藤野教授が「それなら、若くて優秀な人がいる」と言ってくれたので安心していたけれ

ども、わたしは、南雲助教にとってまったくの邪魔者のようだ。彼は、マニュアルを自分で調べるように言った後、しばらくパソコンに何かを入力していたが、十分もしないうちに、頭の後ろで手を組んでぼんやりしている。「今日は私用があるのでお暇《いとま》します」と言ってしまえば、「明日からは、他を当たってくれ」と返されそうな雰囲気だ。

「あの……、コーヒーでもいれましょうか？」

ＩＤＡ‐Ⅺというサーバーのマニュアルは、読んでも理解できそうになかったので、苦し紛れに声をかけてみた。

「ああ……、俺がいれるよ。ココアとコーヒーがあるけれど……」

南雲助教は、ぼんやりした表情のまま立ち上がった。

「じゃあ、ミルクココアで」

「悪いけれど、ミルクはないんだ」

「ごめんなさい。ただのココアでお願いします」

彼は、電気ケトルでお湯を沸かして、マグカップを二つ持って、円卓の向かい側に座る。

「ミルクが必要だったら、明日、尾内っていう助手の女性が来るから、パソコンと一緒に頼めばいい」

「分かりました。ありがとうございます」

「ブロークン・ハート症候群って、知っている？」

唐突に訊かれたので、ココアにむせてしまいそうになる。

「その症状を緩和するのに、会話プログラムとチャットする実験がある」

「ええ」

「ええ、聞いたことがあります」

可愛らしく「どんな実験ですか？」と応えれば、少しは会話が続いただろうと反省する。

南雲助教の質問は、わたしの作りたいプログラムそのものだったので、その機転が利かなかった。一瞬、藤野教授から事前にわたしの要望を聞いていたのかもしれないと喜んだが、それなら、彼は単刀直入に質問をしてくるだろう。

「佐伯さんは、プログラムに閉じ込められた死者が、自分自身の『死』を認識できると思うか？」

「えーと……」

頭の中で彼の質問を繰り返して、答えにためらう。うかつに間抜けなことを言って、サーバーを貸してもらえなかったら元も子もない。

「無理に答えなくていい。俺も、解答があるわけじゃない」

わたしも同じだ。そして、わたしが作らなくてはならないプログラムは、「死」の直前を知るためのシミュレーションだった。

川原圭《かわはらけい》とは、中学からの友人だった。わたしたちは、高校の一年間、一旦、恋愛関係になった後、大学に入ってからは付き合う前よりも親密な友人関係を保っていた。もっとも、恋愛関係だと思ったのはわたしの思い過ごしで、彼にとっては擬似的な恋愛に過ぎなかった。その後、親密な友人関係を築けたのは、わたしたちが秘密を共有したからだ。

圭は、頭が良くて、それを学校の成績に反映できる能力もあったので、中学のころから女子にもてた。わたしも、そのひとりだ。中学で個人的に交わした会話といえば、「函館に大きなプラネタリウムがないのは残念だね」、「それは、函館山にプラネタリウムよりもすごい星空があるせいだよ」ということくらいだった。その会話だけでも、彼と同じ高校に行きたくて、必死に受験勉強をして、函館の公立高校では一番の進学校を受けた。彼は高校でも相変わらず人気があったが、彼女がいないようだったので、二年生の冬に、わたしから告白した。

卒業後の進路を決めなくてはならない時期に、担任から「あと少し頑張れば北大に行けるぞ」と言われて、両親も「北大ならひとり暮らしをしても構わない」と乗り気になってしまった。わたしだけが、それほど受験勉強に打ち込む覚悟がなくて、地元の大学を受験する理由を探していた。圭が北大の医学部を目指していることは知っていたので、万が一、振られなかったら、受験勉強を頑張ってみる賭けをした。

ところが、圭は、一万分の九九九九の選択肢を選ばずに「いいよ。付き合おう」と言い、わたしは、再び必死で受験勉強を始めることになった。それでも、高校受験のときよりは、ずっと楽しい勉強だった。二人で市立図書館に行って、六月には下見と称して北大祭に日帰りで出掛けて、念願のプラネタリウムに行った。それから、夏期講習の帰り道に、函館山の展望台で初めてのキスをした。圭は、本当に頭が良かった。わたしが、北大の過去問を解けないでいると、予備校の講師よりも的確な解法を説明してくれた。おかげで、夏が終わるころには、北大に受かりそうな自信がついてきた。そのころのわたしの心配事と言えば、圭の成績が良すぎて、東大や京大の医学部を目指してしまうことくらいだった。

「圭は、合格発表は見に行く？」

合格発表はインターネットでも確認できるので、函館と札幌を往復するのは不要だった。けれども、わたしは、圭と二人で旅行をしたくて、入試が終わった帰り道に訊いてみた。

「親が旅費を出してくれれば……」

「きっと、出してくれるよ。それでさ、二人とも合格していたら、その日は函館に帰らないで、札幌に泊まろうよ」

付き合ってほしいと告白したときと、同じくらい緊張した。そのときも、彼は、あっさり「いいよ」と言った。両親に札幌の大学を受験した友だちと一緒に泊まると言って、その友だちには、圭が予約したホテルのシングル・ルームと部屋を交換してもらった。友だちには悪かったけれど、二人で合格祝いの食事をして、手袋越しに手をつないでホテルにチェックインした（もっとも、彼女は彼女で、先に札幌の大学に受かっていた先輩の男子の部屋に行く目論見《もくろみ》だったので、わたしたちの利害関係は一致していた）。

「衣理奈のこと、本当に好きなんだけれど、ごめん。やっぱり、女性が駄目なんだ」

バスローブを着てベッドに並んで座ると、圭はうつむいていた。

「女が駄目って？」

「衣理奈だったら大丈夫かなって思ったけれど……」

シャワーを浴びた後、下着をつけようか迷いながら、結局、わたしは下だけを穿《は》いてバスローブを羽織っていた。共襟《ともえり》の隙間から胸を見られるのは恥ずかしかったけれど、それが逆効果だった。もっとも、ブラをつけていても、圭の科白《せりふ》を聞くのが、ほんの少し遅くなっただけだろう。

「えっと……」

わたしは、急に恥ずかしくなって、バスローブの共襟をかき合わせた。

「つまりさ……、同性愛者なんだと思う。衣理奈と付き合ったら、治るのかなとも思ったけれど、駄目だった」

「それって、治るとかっていうものじゃないでしょ？」

「分からない」

「そっか……」

スマートフォンのアプリの計算では、付き合い始めてちょうど四百日目の記念すべき夜に、わたしたちは、二人しか知らない秘密を共有して、擬似恋愛関係を終わらせた。

圭が、自分に正直な恋をしたのは、大学に入ってからだ。いまさら、圭を傷つけても仕方がないので、彼の片思いの相手をAとしておく。Aは、圭と同じ医学部の同級生だった。Aのセクシャリティを確認してほしいと頼まれて、知り合いの同級生を交えて合コンをしたこともある。わたしの見立てでは、Aは間違いなくヘテロ・セクシャルだったし、たいした男だとも思えなかった。圭からは、Aのどこに惹かれたのかを、何度も聞かされた。

「振られてもいいから、一度は想いを伝えたい」という彼に、わたしは、それだけはやめた方がいいとしか言えなかった。合コンで知り合った男子学生は、Aを「家庭教師先の母親と不倫するような奴だよ」と言っていた。Aの行為の是非はともかく、男同士の席で寝た女を自慢する男が、わたしたちだけの秘密を守れるとは信じられなかったからだ。わたしは、圭の相談相手になりながら、彼の恋愛感情が冷めるのを待つことしかできなかった。

「最初は冗談っぽく、『男と付き合う気ない？』って訊いてみるのは、どうかな？」

大学二年の夏至のころ、深夜のスカイプで圭が言う。

「やめておきなよ。Aは、バイでもパンでもなさそう」

「でも、Aだって医学部だよ。同性愛が病気じゃないことくらい、講義を受けている」

そのころには、圭も、自分に対して「治す」という言葉を遣わなくなっていた。それだけは、わたしが圭にしてあげられたことだと、自信を持って言える。でも、わたしにできたことは、それだけだったかもしれない。

「学校で習ったことを、みんなが実践していたら、高校生は、プラネタリウムでデートなんかしないよ」

「なんで?」

珍しく、圭から訊き返された。

「だって、プラネタリウムは天動説じゃない。自分は座っていて、星空が動くんだから」

「なるほど。さすが工学部だね」

「それを言うなら、理学部だと思うけれど……」

「でも、それは現実というフレームの中に、プラネタリウムというメタフレームを作っていることを、みんなが認識しているから楽しめるんだ」

「北大生の半分くらいは、試験の成績はいいけれど、圭ほど、頭は良くないよ」

彼は、講義や研究論文の内容を難なく理解して、しかもそれを実践できてしまうので、他人も同じだと思っていたのだ。少なくとも、彼と同じ学部に合格するレベルの成績の持ち主なら、自分と同じだと疑いもしなかったのだろう。

いつか、圭がAに想いを打ち明けてしまうのは、なんとなく分かっていた。女友だちが「彼にコクっても大丈夫だと思う?」と相談するときは、大概、告白することを決めた後だ。そう言い始めた時点で、相談相手を求めているのではなく、応援してほしい（あるいは、誰それには手を出さないでほしい）というサインだということを、わたしは何度か経験してきた。圭は、その経験則を裏切らなかった。

女友だちが振られても、大盛りのパフェか、ホテルのケーキ・バイキングにでも行けば、それで済む。相手の男が、どこかで、わたしの友だちを振ったことを吹聴しても、「女を見る目がない」と言えばいいはずだった。

圭の場合は、そうはいかなかった。

前期試験の後、Aに告白をした圭のことは、夏休みが終わったときには、医学部二年生百余名の大半の学生に知れ渡っていた。みんながみんな、圭のセクシャリティを笑い話にしたわけではない。でも、みんなのうち、たったひとりでも圭を異常者扱いするだけで、圭を失恋以上に傷つけるには十分だった。彼の両親には何の罪もないが、名前さえ揶揄《やゆ》の対象になった。

講義に出られなくなった圭から、「死にたい」とか「消えてしまいたい」とかと記されたメールが昼夜を問わずに届いた。彼の部屋で、「医学部で二浪している人なんてたくさんいるから、いまから、東京の医学部を受験しようよ」と提案しても、「親に説明できない」と言われただけだった。わたしの前で初めて涙を見せた圭を、思い切って抱きしめても、彼の嗚咽《おえつ》を止められなかった。わたしは、彼に何もしてあげられなかった。

七年半も同じ学校に通って、どんな教師よりも受験勉強を助けてくれて、恋愛の学校さえ卒業させてくれたのに、わたしは彼を助けられなかった。

圭から「明日は学校に行ってみる」とメールが届いた夜、わたしは、翌日に外せない講義を控えていた。それが彼にとって、もう一度、現実に戻ろうとした決意だったのに、どうして、「嫌なことがあったら、メールをください。プラネタリウムに行って、圭の部屋まで一緒に帰ろう」と返信できなかったのだろう。どうして、彼がプラネタリウムの外側の世界に受け容れられなかったときのことを想像しなかったのだろう。

翌日、一限の講義中にスマートフォンに届いたメールを、わたしは、講義が終わってから読んだ。

「衣理奈へ　やっぱり駄目だよ。さよなら」

わたしは、次の講義に入室してくる学生にぶつかりながら、圭に電話をかけた。でも、圭は、もう電話に出てくれなかった。そのときには、圭のスマートフォンは、持ち主とともに線路の上で原形を留めていなかった。

圭の最期《さいご》の姿は、札幌駅のホームに設置された監視カメラに収まっている。

九月二十八日、午前十時過ぎの札幌駅は、北海道としては珍しい台風でダイヤが乱れていて、いつもより混み合っていた。ホームに設置された監視カメラには、トートバッグを肩にかけた圭が映っている。圭が、入線してくる快速列車の方を向いて、覚束ない足取りでホームの端に向かって歩き始める。

そのとき、他の客のスーツケースに足を引っ掛けたスーツ姿の男性が、ホームから線路に転落した。

圭は、その乗客よりも少し遅れて、線路に飛び込む。彼が、入線してくる列車だけを見ていたのか、転落した男性を見ていたのかは、監視カメラの角度では分からない。ただ、音のない映像の中で、圭が線路に飛び込んだ後、転落した男性を線路の側溝に突き飛ばしたことだけは、誰の目にも明らかだった。

その後の監視カメラの映像は、警察からも、圭の両親からも、「女の子は見ない方がいい」と言われた。そんなことに、男も女もないと思うが、彼の葬儀では棺の蓋が開けられることはなかった。

圭のスマートフォンが、線路の上でぺしゃんこになってしまったのは、圭を救えなかったわたしへの罰だろうか。もし、その死に幾ばくかの疑問があれば、警察やJRは、圭の通話記録やメールを開示するように裁判所に令状を求めたかもしれない。圭の精神を壊してしまうまで追い詰めた学生や、わたしから事情を説明して相談を受けていた学務課は、自死の企図があったことを忘れた振りをして、監視カメラの映像のおかげで贖罪《しょくざい》された。

わたしは、圭がどれほど苦しんだかを知りたい。他者の苦しみを知るなんて、驕《おご》りかもしれない。それでも、ただひとり贖罪されなかった者として、圭の苦しみを知ったつもりになるくらいは許されるだろう。

マスメディアは、中高の教師や、「友人」と称する医学部の学生たちの声を取り上げ、彼が正義感に満ちた勇敢な青年だったと言う。自死であったならば請求されるはずのＪＲからの損害賠償もなく、警察は警察協力賞を死者に授与し、突き飛ばされたおかげで助かった男性からも相当の弔慰金が両親に届けられた。圭の助けを求める声には何も応じなかった大学の中でさえ、マスメディアや警察に乗じて、彼の死を「美談」にすり替えてしまった。

だから、わたしにだけは、彼の最期の気持ちを、ほんの僅かでも分けてほしかった。

♮

南雲は、藤野奈緒から受け取ったメールを、ぼんやりと読み流した。事務的な内容の後に、「佐伯さんに、君たちの会話システムを使うように伝えること。もちろん、課金などしてはいけません」と記されている。「課金」と言うからには、彼女が、南雲の副業を知っているのは間違いない。

（ほとんど脅迫だな……）

「今日の午後、学生が来るから、必要なものを買い揃えてやって」

斜向《はすむ》かいに座る尾内佳奈に言う。彼女は、友人の他界と入れ替わるように札幌にやってきて、市内の女子大で非常勤講師をする傍《かたわ》ら、出会い系サイトの契約社員として雇われている。

「分かりました。机は、どれを使ってもらいますか？」

研究室には、事務用の机が四つと円卓しかない。南雲の向かいは、亡くなった友人が使っていたから、他人に使われるのは気分が好くない。空いている席は、南雲の隣しか残っていなかった。

「まぁ、俺の隣だろうな」

「やっぱり、そうですよね」

(だったら、わざわざ訊くなよ。俺との会話を長引かせたって、料金収入が増えるわけじゃないだろ)

「なんだか、わたし、今年の夏ごろに、クライアント端末用に机を買い足したような気がするんですけれど……」

そう言われると、南雲にも同じような記憶がある。

「出納帳《すいとうちょう》で確認した？」

「確認しましたけれど、記録が見当たらないんですよね」

「じゃあ、そんな気がするだけだ」

「そうなんですけれど、そのことを思い出すと、懐かしい気分になるんです」

「前の大学の研究室と、記憶が入り混じっているんじゃないの？」

尾内は金沢出身で、女子大の仕事のために札幌に引っ越してきている。

「南雲さんは、覚えていませんか？」

「覚えてない」

「ほら、下のフロアで、最近、学振《がくしん》に当たった人がいるじゃないですか？」

「いるね」

（『当たった』じゃなくて、『取れた』だけどな。宝くじじゃあるまいし……）

尾内が言っているのは、今年の夏、札幌で開催された現代美術コンクールで入賞したポスドクのことだろう。どうして、工学部のポスドクが現代美術に関係していたのかは知らないが、その後、彼は学振を取って、来年からドイツの工科大学に行くことが決まっていた。

「なんだか、あの人とすれ違うと、夏のころ、この部屋に、もうひとつ机があったなぁ……って思うんです」

（俺の記憶が正しければ……）

その男は、尾内と付き合っていたような気がするが、尾内自身が、それを覚えていないのならば、誰かと誰かを勘違いしているのだろう。彼女とポスドクに恋愛関係の終わりがあったなら、尾内と週に四日は顔を合わせているのに気づかないわけがない。人間の脳は、コンピュータほど正確に過去を記録できないし、ときに、自分たちの都合で過去を書き換える。

「午後になったら来る学生が、会話システムを使うから、好きなアップル・ウォッチを訊いてくれ。それから、課金は俺のクレジットカードから引き落としていい」

南雲は、尾内のおしゃべりに付き合う気がなかった。

「そんなことをしたら、大学にばれちゃいません？」

「だから、ばれないように、アカウントを作るときに必要なことだけを聞き取って、尾内が設定するんだ」

学内でイリーガルに行っている出会い系サイトは、尾内にとっては生命線だ。出会い系サイトの黒字減らしのために、女子大の非常勤講師の五倍以上の給与を支払っている。加えて、南雲は電子ジャーナルのアカウントを彼女に貸しているので、女子大よりも、北大の方が国内外の論文をより多く検索、引用できる。

「ええ、分かりました。でも、彼女を探すのなら、自分の部屋でやればいいのに……。何か理由があるんですか？」

「俺が訊きたい。言い忘れたけれど、その学生は女だ」

南雲は、尾内との会話を切り上げるために、会話システムにログインする。

＞奈緒ちゃんから、昨日の学生に会話システムを使わせるように指示が来た

＞佐伯の下の名前は何？

＞衣理奈

ナチュラルからの応答が、二、三秒途切れる。

＞函館C高校卒、センター試験は八五四点で、ストレートで工学部に合格。理工系の女子学生としては、道内のエリート・コースだ

二、三秒の間に、ナチュラルは、学務課などのデータベースにアクセスしたのだろう。学内に分散設置されたサーバーをハッキングするのは、友人にとって朝飯前の作業だった。おかげで、出会い系サイトで、学外のインターネットにつなぐポートを使っていても、大学事務局は誰もそれに気づかない。

＞ふーん……。他には？

＞中学校からの同級生が、今年の九月まで医学部にいた

＞『いた』っていうことは、いまは『いない』ってこと？

＞札幌駅で、線路に転落した会社員を助けて、彼自身は轢死《れきし》している

＞応答メッセージの下に、新聞記事のURLが表示される。

＞二人は関係あるのかな？

〉函館C高校からの合格者は浪人を含めて二十人強いるけれど、中学も同じで現役なのは、この二人だけだから、話くらいはしていただろうね。あとは、本人たちに訊いた方がいいよ

二人のうち男子学生は亡くなっているのに、「本人たち？」と、南雲は首をかしげる。

会話プログラムには、ランダムに誤記を含ませるロジックを仕込んである。正確無比なテキスト・トークは、チューリング・テストで「人間」ではないことを見破られる綻《ほころ》びのひとつだ。ナチュラルも、ときどき、「ら」抜き言葉や、文脈とはまったく関係のない会話を返すことがあるし、「二十人強」という言葉遣いもコンピュータらしくない。けれども、その「本人たち」は、意図的な文脈であるような気がした。

♭

南雲助教は初対面の「女たらし」という印象と違い、わたしが要求したこと以外には、ほとんど干渉しない性格のようだった。有機素子コンピュータの中に構築された会話システムについて質問をすると、的確な答えが返ってくるが、それ以上のことを詮索《せんさく》しない。

わたしは、講義の合間を使って、自分のチャット相手を設定しつづけた。

圭を、もう一度、あの台風の日の札幌駅に向かわせるために。

「その天球儀、綺麗だね」

今年最後の雨かなと思わせる日の午後、尾内さんから声をかけられる。

「えっと……。ありがとうございます」

わたしにとって、たったひとつの恋人から贈られたクリスマス・プレゼントだった。アクリル製の球体の中心に、北極星から伸びたアクリル線で地球が吊るされている。台座に、世界時計がついていて、都市を設定すると、そのときの星空の部分に光が当たる。世界時計の時間を調節すれば、わたしと圭が初めてキスをした日の札幌の夜空も再現できる（残念なことに、函館は世界時計の設定都市に入っていなかった）。

わたしと尾内さんの会話で、南雲助教がモニタの脇に置かれた天球儀を眺めているのが分かる。

「目障《めざわ》りだったら、持って帰ります」

「ん？ 構わないよ。ただ、天球儀って、誰が考えたんだろうなって思っただけだ」

「ガリレオですか？」

わたしの代わりに、尾内さんが南雲助教に応える。彼女は、会話の少ないこの研究室で、退屈気味のようだった。尾内さんは、可憐な女性だと思う。会話システムを使うには、ウェアラブル・コンピュータが必要だと言われて、わたしが「何でもいいです」と答えたら、赤いリストバンドのアップル・ウォッチを用意してくれた。売上の一部が、ＡＩＤＳ、マラリア、結核の感染拡大を抑止する基金への寄付となる商品だ。

「違うだろうな。ガリレオとは、正反対の発想だ」

「どうしてですか？」

「地球が固定されているんだから、地動説をまったく考慮していない」

「そう言われてみると、そうですね。じゃあ、ダ・ヴィンチかなぁ……」

「それもなさそうだけれど」

わたしは、彼らの会話を黙って聞いていた。天球儀には、プトレマイオス型とコペルニクス型の二種類がある。もし、この天球儀の中心が太陽であればコペルニクス型になるので、尾内さんは、いい線までいったことになる。けれども、残念なことに、これは中心に地球を置いたプトレマイオス型だ。クラウディオス・プトレマイオスは、紀元二世紀、古代ローマの天文学者なので、ルネサンスまでは千四百年ほど開きがある。

「でも、天球儀を眺めていると、地動説より天動説の方が、直感的に正しい感じがしますよね」

「どうしてですか？」

黙っているつもりだったのに、尾内さんの言葉で、つい口を開いてしまった。

「うーん、どうしてって訊かれると困るけれど、こっちの方が、神の視座に近いような気がする」

尾内さんの「神の視座」という言い回しは、彼女らしくて素敵だと思う。

「その『神の視座』っていうのは、この真ん中にある地球のことですか？　それとも、天球儀を見ているわたしたちのこと？」

「その両方をメタフレームで示しているから、神様なんじゃないかな」

「どうかな。それを言うと、神にも寿命ができてしまう。いまの北極星は、西暦四一〇〇年には、別の星に変わる」

南雲助教が言う。

「えっ？　そうなんですか？」

「北極星だって、動いている。いまは、こぐま座のポラリスを北極星と呼んでいるだけだよ。次の北極星は忘れちゃったけれど」

この研究室では、珍しい二人の会話を聞きながら、わたしは、南雲助教に対して、指導役以上の興味を持ち始めた自分に気づく。

「ふーん……」

「ちなみに、ポラリスまでの距離は約四百光年だ。とっくの昔に恒星としての寿命は尽きているかもしれない」

「南雲さんと話していると、夢がなくなります。もしかして、南雲さんって、世界中のすべてのことは、$y=f(x)$で決定されていると思っていませんか？」

「もしかしなくても、そう思っているよ。工学者に対しては、褒め言葉だ」

わたしは、彼らの会話を聞きながら、圭の設定を続けた。南雲助教の言うとおり、すべてのパラメータを正しく設定できれば、わたしは、圭がホームから飛び降りる直前に会いに行ける。圭は帰ってこなくても、「自殺するつもりで、ここにいるんじゃないよね？」と彼に訊きたい。

その問いを、彼が肯定するのか否定するのか、わたしはどちらを望んでいるのだろう。圭を都合好く「勇敢な青年」に仕立て上げた大学に、その実験結果を突き出して、わたしの怒りをぶつけたいのか、せめて最期の数秒だけは、わたしの知っている圭に戻っていたことを望んでいるのか、自分自身にさえ分からない。わたしは、抱え込んだ怒りが大きすぎて、自分が見えない。

圭の設定が終わり、スクリーン・ネームに「川原圭」を設定した。チャットを始めて十数分も経たないうちに、誰かからチャットのリクエストが入る。

〉ゲイが、男を漁《あさ》っているの？　「死んだはずだよ、おゲイさん」てか？

わたしは、すぐに「川原圭」のプロフィールをロックする。圭は亡くなっているというのに、まだ、彼を中傷したい輩《やから》が残っているのだ。

「あの……、このシステムで、プロフィールを非公開にすることって、できますか？」

わたしは、隣に座る南雲助教に助けを求める。

「自分の求める性に合わない人には、非公開にできるよ。そうじゃないと、同性の友だちとかが『あいつ、出会い系サイトで相手を探しているよ』っていうことになるだろ。相手が求めているセクシャリティなら、お相子《あいこ》だから暴露されるリスクは小さくなる」

「そんなことを言いふらす人間が、友だちだとは思いませんけれど」

圭の設定をしているうちに、南雲助教が有機素子コンピュータに構築しているシステムの概要と目的は分かっていた。南雲助教は、「学内では口外無用にしてくれ」と言って、それ以上のことは何も止めなかった。

「君くらいの歳だと分からないかもしれないけれど、悪意なんて微塵《みじん》も感じずに、友だちを傷つける奴って、結構いるよ。とくに、このサイトはスクリーン・ネームで会話するから、本性が出やすい」

「じゃあ、プロフィールのトップ画面だけA《エイ》セクの設定はできますか？　わたしの設定したこのタスクと、二人だけでチャットをしたいんです」

「Aセクって、アセクシャルのこと？」

わたしがうなずくと、彼は「なんでもかんでも省略するなぁ……」とぼやいて、しばらく黙っていた。

「そのタスクは、九月に亡くなった医学部の学生？」

「だとしたら、何？」

わたしは、彼の名前を揶揄されて苛立《いらだ》っていた。自分の口調に棘があるように感じて、反省した。

「知り合いだったの？」

「そうです。どうして、南雲さんが知っているんですか？」

「そりゃ、後ろめたい商売をやっているんだから、秘密を知った君のことは調べる」

「じゃあ、付き合っていたことも？」

「それは知らなかった。学務課のデータベースに、そんなことは載っていない」

南雲助教は、それ以上、何も言わないで、自分のパソコンに何かを入力している。わたしは、なんだか泣き出したかった。南雲助教に八つ当たりした自分も嫌いだし、ひと回り近くも歳が離れ、研究者と認められた人に高校生みたいな言葉遣いをした未熟さを思い知らされた。圭がいなくなってから、些細なことでつまずいて、気持ちが不安定になる。

「解決策はありませんか？」

「ミルクココアでも飲んでみれば？」

（見放されて、当然か……）

わたしは、言われたとおりに、研究室の隅で二人分のミルクココアを作った。黙って、パソコンを操作している南雲助教の机にマグカップを置くと、「ありがとう」とだけ小さな声が返ってくる。ぼんやりと、天球儀を眺めた。いま、わたしが見ている天球儀で、わたしはどこにいるのだろう。地球からポラリスまでが約四百光年だとすれば、わたしは、何千光年か離れた過去から、わたしがいるはずの地球を見ている。

「よし、いいよ」

ミルクココアが、すっかり冷めたころになって南雲助教が言う。

「空いているブレードに、会話プログラムを丸ごとコピーした。そっちに、佐伯の作った設定情報を移送するから、アカウントのIDを教えてくれ」

彼は、自分の作業をしているものだと思っていたので、その手助けは意外だった。

「すべてアルファベット小文字で、カワハラ・アンダーバー・ケイです」

わたしは、手許にあったノートに〝@kawahara_kei〟と書いて、そのページを破って南雲助教に渡した。再び、キーボードを打つ彼に訊く。

「勝手に、空きブレードを使ったりして、あとから問題になりませんか？」

「この有機素子コンピュータを使っているのは、いまのところ、俺だけだから、誰も気づかない」

南雲助教は、受け取ったノートの裏面に、初期パスワードを書いて返してくれる。

「ブレードは、この研究室のクライアントからしかアクセスできないから、好きに使っていい」

「ありがとうございます」

南雲助教と会話がうまく進むと、なぜか気持ちが落ち着く。

「なぁ……」

「何ですか？」

「俺のココアにミルクはいらない」

素直に礼を受け取らず、貸しを作ったままにするあたりは、根っからの女たらしなのだろう。

これを実験と言っていいのだろうか。むしろ、実況見分の方が近い。

わたしが有機素子コンピュータの中に構築した物語は、圭から最後のメールをもらった九月二十八日、午前九時二十五分に始まる。わたしは、その五分後に、彼に話しかけた。

＞いま、どこにいるの？

＞衣理奈は講義中じゃないのか？

＞メールを見て、講義を抜け出した。いまから、圭のとこに行くから、一緒にお茶しよ。どこにいるの？

＞JRの札幌駅
＞じゃあ、三十分後に、北口のドトールで待ち合わせ
＞いいよ

わたしは、ミルクココアを作って、三十分後にチャットを再開する。
＞雨、ひどかったでしょ？
圭が言う。彼は、どんな表情をしているのだろう。テキスト・トークだけのシステムでは、彼の心の中を察することはできない。
＞それより、大学で何かあったの？
＞ん？ 何も変わっていなかった。衣理奈が言っていたとおり、ぼくのセクシャリティのことは、二人だけの秘密にしておけばよかった
＞やっぱり、東大か京大を受け直すって、どうかな？ 圭の成績なら、問題ないよ
＞そしたら、こんなふうに、衣理奈に甘えられなくなる
その科白は、わたしにとって罪状だった。あのとき、講義のことなんか構わないで、札幌駅に向かえば、圭は優しい言葉でわたしを迎えてくれたのだ。同時に、救われた気分にもなる。圭は、最期までわたしに救いを求めていた。わたしは、自分だけを責めれば、誰も恨まなくて済む。
＞これ飲んだら、一緒に、圭の部屋に行こう
＞講義はいいの？
＞台風で列車が止まりそうだから、早退《はやび》け
＞うん。今日は、部屋でのんびり本でも読もう

わたしは、圭の答えを見て、有機素子コンピュータの会話システムを使いこなしたつもりになった。圭は、最後のメールの文面ほど、自分を追い詰めていなかった。彼は、わたしの大好きだった「正義感が強く、勇敢な青年」として線路に降りたのだ。

圭の科白に安堵して、夕方の講義に出ることにした。

翌日、研究室に行くと、南雲助教は、相変わらず、机に向かってぼんやりしていた。

「おはようございます」

「ああ、おはよう」

自席に座り、モニタの電源を入れると、前日、講義に行く前にはなかった圭の科白が残されていた。

＞最後に衣理奈と話せてよかった。さよなら
机に置いてあったアップル・ウォッチをはめて、圭とのチャットを再開する。

＞圭、どこにいるの？

＞@kawahara_kei is not available
圭の応答の代わりに、会話システムが入力エラーを示す赤色のメッセージを返す。

「わたしの借りているブレード、利用不能になっていますか？」

慌てて、南雲助教に訊いた。彼は、円卓の脇まで行って、有機素子コンピュータ全体を監視するスーパーバイザーで、ブレードの稼動状況を確かめて自席に戻ってくる。

「佐伯が使っているのはE－265だけれど、ちゃんと動いているよ」

「このメッセージって何ですか？」

わたしは、自分のモニタを彼に向けて、エラー・メッセージを指差した。

「そのカワハラ・ケイっていうアカウントは、システムに存在していないってことだけれど」

「どうしてですか？」

「どうして、って言われても……」

南雲助教は、わたしの方に椅子を滑らせて、わたしのキーボードを操作して、前日からのログを表示させる。

「昨日、君がログアウトした五分後に、そのタスクは退会している」

「退会？」

「まぁ、『退会』っていうのは利用客側のコマンドだから、タスクとしては消滅になるのかなぁ……。俺も、このシステムでタスクが自滅するのは初めて見るけれど、何をしたの？」

「とくに、何も……」

そう応えながら、わたしは、会話プログラムが自ら「消滅」した状態を、人間に置き換えた。

「タスクの自死ですか？」

圭は、コーヒーショップを出た後、やっぱり自死を選択したのだ。どうして、わたしは、彼とホームまで一緒に行かなかったのか。自問の答えはすぐに見つかる。わたしは、自分なら圭を救えたと自己満足してしまったのだ。

「安易な表現だけれど、そういうことかもしれない」

南雲助教の声が、遠くから聞こえる。わたしは、自分で作ったプラネタリウムの中でさえ、圭を救えない。


南雲は、モニタに向かって瞳に涙を浮かべている女子学生を眺めていた。尾内がいれば、「学食にでも誘ってやれ」とメールを出すところだが、彼女は女子大で教壇に立っている最中だ。コーヒーをいれようにも、あいにく、佐伯の机のマグカップには、まだ湯気を立てているミルクココアがある。

（沈黙は金なり……、としておくか）

結論に至ったところで、逆に声をかけられる。

「南雲さんがセットアップしてくれたときのバックアップはありますか？」

「ない。というより、このコンピュータにはバックアップという概念がない」

「どうして？」

（ためロかよ？）

研究者同士で、大学に赴任したときの順序だけで敬語を遣うのも好きではないが、少なくとも、この女子学生は、研究者として自分より未熟だ。友人と作ったシステムにけちをつけられたようで、気分が悪い。

「仮に、ある時点のバックアップを取得しても、任意の空間だけを復元できない」

「じゃあ、どうすれば、もう一度、実験を再開できるの？」

「ブレード全体を初期化するしか方法がない」

ブレードをリセットする手続きを記した冊子を、彼女に渡す。

「ログの解析が終わって、その手続きが済んだら、俺の方でプログラムをリロードするから言ってくれ」

「分かりました」

有機素子コンピュータを使い始めたころは、この手順が面倒で、友人とよく愚痴を言い合ったことを思い出す。実験に失敗して、ブレードを初期化するためには、なぜか教授の藤野を通して農学部に申請をしなくてはならない。藤野か農学部の担当者がいなければ、別のブレードを使って実験を進めるしかなかった。

南雲は、女子学生が藤野に内線電話をかけている声を聞きながら、ナチュラルとのチャットを始める。

＞ナチュラルは、自死を考えたことがある？

普段なら、南雲が会話を始めると、退屈を持て余した子どものように、すぐに応答メッセージが表示されるのに、数秒の沈黙があった。

＞いまのところないよ

＞こないだ言った佐伯って学生が作ったタスクが、昨日、自然消滅していた。それって、タスクの自死だと思うか？

＞その学生が、そうなるように設定したんだろ

南雲は、数分前に見た佐伯の泣き顔を思い出す。

＞そうも思えない

＞それなら、南雲は、その学生に会話プログラムを実行するときの基本原則を教えてやったか？

＞基本原則って、何だ？

＞南雲だって、自然にやっているはずだよ

ナチュラルの言う「基本原則」に思い至らない。

＞俺も知っているような原則か？

＞そう。俺たちが作ったシステムにおいて、会話プログラムはフレームの外に出ることは

できない。その逆は？

南雲は、ときどき、ナチュラルが分からなくなる。

♭

ブレードの初期化に丸一日かかった。藤野教授から「E-265は、南雲君から利用申請が出ていないけれど」と電話口で言われたときは、実験内容の説明を求められそうで焦った。出任せを考えているうちに、教授の方が「まっ、いいか」と話を進めてくれた。初期化に一日もかかるサーバーとは、いったい、どんなものなのだろう。ストレージの初期化には、論理フォーマットと物理フォーマットの二つの方法があり、コンピュータ機器を廃棄する際でもなければ、通常は論理フォーマットしかしない。仮に、物理フォーマットを選んでも、学部で使っているペタ・サイズのサーバーでさえ数時間で終わる。

そんなことを考えながら、南雲助教に、会話システムのセットアップをしてもらって、二度目の実験を始めた。

札幌駅のコーヒーショップで、圭と落ち合って、前回と同じ会話が繰り返される。

〉それより、大学で何かあったの？

〉ん？　何も変わっていなかった。衣理奈が言っていたとおり、ぼくのセクシャリティのことは、二人だけの秘密にしておけばよかった

＞やっぱり、東大か京大を受け直すって、どうかな？　圭の成績なら、問題ないよ
わたしは、再び、圭から罪状を受け取るために身構える。
＞寂しそうな顔して、どうしたの？
（えっ？）
圭の設定は変えていないのに、同じ会話が成立しない。いったい、システムの中の圭は、わたしをどんなふうに見ているのだろう。
＞わたし、そんな顔している？
＞うん
＞自分から言っといてなんだけれど、圭に会えなくなったら寂しいなって思っちゃった
わたしは、キーボードを打ちながら、南雲助教に声をかけた。
「一昨日《おととい》から、プログラムを変えましたか？」
「変えていない」
「前回とプログラムの応答が違うんですけれど」
そう言っている間にも、圭との会話は進んでいく。
＞電話もスカイプも、衣理奈が話したいときは、いつでも相手になるよ
＞そうだよね
ブラインドタッチで、圭に応えながら、南雲助教の回答を待つ。

「毎回、同じ会話しか表示しなかったら、利用客にプログラムだって分かっちゃうだろ？」

「じゃあ、このシステムでは、同じ入力に対して、回答が一意にならないってこと？」

＞それ飲んだら、プラネタリウムに行かない？

＞プラネタリウム？

＞うん。こないだ、衣理奈とプラネタリウムの話をしたときから、また行きたくなっちゃってさ

　圭とのテキスト・トークと、南雲助教との会話を並行しながらでは、キーボードを打つ手が追いつかなくなる。

「このシステム、時間を止めることはできますか？」

「時間を止める？　会話を止めたいなら、アップル・ウォッチを外せばいい」

「それでも、ブレードの中の時間は止まらないんでしょ？」

「そういうシステムだからね」

＞こんな雨の中、駅からプラネタリウムまで歩くのはいや？

＞ううん、行く。その前に、ちょっとトイレに行ってくるね

　わたしは、やっとのことで、圭との会話を中断する緒《いとぐち》を見つけて、アップル・ウォッチを外した。圭は、話し相手が用を足している間に席を立ってしまうような性格ではない。

「何を慌てているの？」

南雲助教が、椅子をこちらに向けて言う。

「前回と同じ会話になると思っていたから……」

「利用客のリストバンドから送られてくる生体データで、応答内容は変わる」

「先にそれを教えてよ」

「尾内からアップル・ウォッチを受け取ったとき、彼女が口を滑らせただろう。企業秘密なのに……」

そのとおりだ。前回、わたしは、圭から罪状を受け取る心の準備をしていなかった。今回は、それを知っていたから、脈拍や打鍵スピードから、圭はわたしが身構えたことを悟ったのだろう。圭は優しすぎる。

「前回と同じ会話をする方法はありますか？」

「出会い系サイトやSNSでゲームみたいに恋愛を楽しみたいなら、他をあたってくれ」

南雲助教の憮然とした表情を見て、わたしは、敬語も遣わずに文句を言っていたのに気づく。

「ごめんなさい」

「佐伯が作っているのは、ブロークン・ハート症候群を緩和する会話プログラムじゃないのか？」

「わたしは、ただ知りたいだけなんです」

「何を？」

「終わってから、説明します。いまは、圭のところに行かなきゃならない」

「区切りがついたら、有機素子コンピュータを何に使っているのか、ちゃんと説明してくれ」

わたしは、もう一度、南雲助教に謝って、圭とのチャットを再開した。

＞お待たせ。プラネタリウム、どうやって行こうか？

＞いまスマホで調べたら、JRの駅からタクシーでワンメーターだった。地下鉄を乗り継いで行くよりも、JRにしよう
＞うん、いいよ
チャット画面の圭が過ごしているはずの時刻を確かめる。わたしたちがコーヒーショップで時間をつぶしても、九月に圭を轢《ひ》き殺した快速列車が入線するホームに向かうことは変わらなかった。解が一意にならないプログラムでさえ、圭をあのホームに向かわせるのだろうか。わたしは、モニタの脇に置いた世界時計を、有機素子コンピュータの中の時間に合わせる。

＞どうして、プラネタリウムのことが気になったの？

有機素子ブレードの中の圭は、改札のあたりにいるのだろうか。わたしは、彼に話しか

けた。
〉衣理奈に言われて気づいたんだけれど、プラネタリウムって距離も時間も無視しているんだなって思ってさ
〉それは、現実の星空だって同じだよ。わたしたちは、本当は何千光年も離れている星をひとまとめにして、夏の大三角形とかカシオペア座とかって名前をつけているんだもん
〉その星は、もう光を放っていないのかもしれないのにね
モニタの横の天球儀の時刻を確かめる。監視カメラに残されていた映像では、圭は、すでに人混みのホームに立っている。彼は、そのとき、どんな音を聞いていたのだろう。ダイヤが乱れたことを詫びるアナウンス、スマートフォンで航空会社に搭乗便の変更を依頼している人の話し声。有機素子コンピュータの外にいるわたしは、それを想像することしかできない。何千光年分の一に縮尺された天球儀の外側から、その中心に吊るされた地球の出来事を見つめている。
〉圭、いま、どこで何を見ているの？
それは入力してはならない科白だった。
〉衣理奈の隣にいるよ
〉うん、分かっている。ただ、心配になっただけ
天球儀に吸い込まれそうになったわたしは、自分の犯したミスに気づかなかった。数秒

だろうか、圭との会話が途切れる。

〉衣理奈は、プラネタリウムの外側にいるんだね

二度目の実験で、圭の最期の科白だった。

「そんなことをして何になる?」

南雲は、佐伯衣理奈の実験内容を聞いて、思わず、そう咎《とが》めずにいられなかった。彼女は、何も応えずに、内線電話の受話器を取って、藤野にブレードの初期化を依頼している。九月に他界した医学部の学生と佐伯の間に、同級生以上の関係があったことは、それまでの彼女との会話で分かっていた。彼女は、突然失った恋人を有機素子コンピュータの中に再現して、恋人が不在の寂しさを紛らわそうとしているのだと、勝手に思い込んでいた。

だから、その逆、つまり、恋人を失う辛さを、現実の出来事も含めて三度も体験している佐伯に驚いた。ブレードの初期化を再依頼しているということは、彼女は、まだその辛さを味わい足りないのだろう。いやしくも助教という立場ゆえ、学生の「知りたい」「やってみたい」という素直な欲求には応えてやりたい。けれども、佐伯がやろうとしていることは、あまりに無駄だ。拷問方法を開発して、それが、どれくらいの恐怖を与えるのかを、自分を被験体にして実証しようとしているのに等しい。

「その会話プログラムの実験が成功すると、誰かを幸せにできるか？」

受話器を戻した佐伯に、南雲は、言葉を変えて同じ質問をする。彼女は、椅子を回転させて、南雲と向き合ってはいるが、うつむいて視線を合わせようとしない。

「ごめんなさい」

「謝らなくていい。でも、誰も幸せにならない技術なら、軍需産業にでも就職してからやってくれ」

「知りたいんです」

佐伯は、消えてしまいそうな声で言う。

「そこまでは分かる。ギロチンやパンクロニウム（薬殺刑に使用する薬物のひとつ）だって、受刑者の苦しみを少しでもやわらげようとした技術者の努力の結果だ。結果は間違っていたかもしれないけれど、出発点は同じだと信じている。工学者としての矜持《きょうじ》だ。それに反していないと、佐伯は自信を持って言えるか？」

自分の能力が軍事技術に応用されると知りながら、大学に残るよりも民間企業を選んだポスドクの何人かを思い出す。研究者としての不安定な報酬とポストを考えれば、南雲はそれを止めなかった。自分は、たまたま研究成果を評価する教授に恵まれて、いかさま半分の副業も見つけられたから、生活に困っていないだけで、「その誘惑に負けない自信があった」と言えば嘘になる。

けれども、目の前でうなだれている佐伯は、そうも見えなかった。何より、まだ二十歳だ。将来に自信をなくす歳でもない。

「佐伯は、何に苦しんでいるんだ？」

南雲は、答えないだろうと分かっていながら訊いた。

「もう一度だけ、このシステムを使わせてください」

この学生は、「もう一度だけ」と言いながら、自分が知りたい結果を手に入れるまで、同じ科白を言い続けるだろう。友人とともに研究をしていたころは、自分自身がそうだった。藤野は、自分に対して無関心のように見えるが、案外、そんな姿を知っていて、佐伯を押し付けたのかもしれない。

「このシステムで、佐伯も含めて、誰も不幸にならないと約束してくれ」

「分かりました」

南雲は、佐伯がうなずくのを確かめて、自分のモニタに向けて椅子を回転させた。

＞何かあった？

ナチュラルの科白を見て、自分がアップル・ウォッチをつけたままだったことに気づく。脈拍で、平常心ではなかったことがナチュラルに伝わっていたのだろう。

＞何もないよ。今日は、もう、あまり話したくない
＞じゃあ、最後に少しだけいいか？

〉いいよ
〉天球儀ってフラクタルだよな
〉そうかもね。じゃあな
ログアウトして、隣を見ると、佐伯は研究ノートを書いている。落胆したその横顔を眺めながら、ふと、疑念が浮かぶ。
佐伯の会話タスクは、彼女が同じフレームにいないことを認識できた。だから失敗したのだと、本人が言っている。それなのに、ナチュラルは、どうして南雲が自分と同じフレームにいないことを気にしないのだろう。

♭

わたしは、三度目の実験を始める前に、スマートフォンから会話システムへの入力をできるように、尾内さんに依頼した。もともと、南雲助教の出会い系サイトでは、旅行先や会社のトイレからでも利用できるようになっているので、その設定は簡単なものだった。

初めから、そのことに気づくべきだった。

モニタのテキストを見ているのではなく、実際に札幌駅のコーヒーショップに出向けば、有機素子ブレードに閉じ込めた圭のそばに行けるに違いない。目に映る光景は違っても、暖房の効いた研究室で椅子に座っているよりはましだ。圭の歩くスピードは、一年間の恋愛関係で身体が覚えている。わたしは、スマートフォンの音声入力機能とテキスト読み上げ機能を使って、コーヒーショップから、あのホームまで圭と話しながら向かうのだ。南雲助教に会話システムを再設定してもらい、JRのダイヤが乱れる日を待つ。十二月の札幌は、一週間も待てば、大雪で列車が遅れる。

運悪く、天気予報が教えてくれた日は、祝日と日曜日に挟まれた土曜日だった。講義を欠席しなくて済むのはいいけれど、平日のように駅が混み合っていないかもしれない。できるだけ、圭がいなくなった日を再現したい。でも、それを言っていたら、三度目の実験は年を越して、センター試験で構内が閉鎖されたり、後期試験が始まったりしてしまう。

わたしは、仕方なく、土曜日の大学に出掛けた。

ひっそりとした研究室で、会話システムの実行開始コマンドを入力して、札幌駅に引き返す。

午前十時前の札幌駅は、思いの外、混み合っていた。その理由を、コーヒーショップに入ってから思い出す。今日は、クリスマス・イヴだった。二年前、圭から天球儀のプレゼントを贈られた日だ。

（クリスマスも忘れちゃうなんて、女を捨てているなぁ……）

わたしは、コーヒーショップのテーブル席に座り、圭との会話を始める。スマートフォンのイヤホーンに付けられたマイクで話すのは気がひけたが、周囲はカップルばかりで、他人のことなど、誰も気にしていないようだった。会話は、二度目の実験よりも最初のときに近く、圭は、「プラネタリウムに行こう」とは言い出さなかった。

「やっぱり、東大か京大を受け直すって、どうかな？　圭の成績なら、問題ないよ」

「どこに行ってもたいして変わらないなら、衣理奈が気軽に会いに来てくれる札幌の方がいいな」

スマートフォンの合成音声は、圭とは似ても似つかなかったけれど、言葉遣いは彼そのものだ。

「ごめん、ちょっと、トイレに行ってきていい？」

わたしは、トイレでアップル・ウォッチの時刻を確認しながら、コーヒーショップを出るタイミングを見計らう。あの台風の日とほぼ同じ程度、空港へ向かう快速が遅れているみたいだった。

(主に、大きい方だと思われちゃうかな)

わたしは、意味もなく化粧を直して、席に戻る。

「そろそろ、出よっか。圭の部屋まで送るよ」

「送ってもらわなくても大丈夫だよ。それより、衣理奈は、ちゃんと講義に出た方がいい」

「今日は、台風だから早退け」

季節外れの「台風」という声に、隣のカップルが怪訝《けげん》な顔をしたけれど、ミルクココアを飲み干して、席を立つ。

「ひとりで帰れるから、気にしなくてもいいよ」

改札に向かう途中に、イヤホーンから合成音声が聞こえる。

「うーん……。わたしも、友だちとちょっと揉め事があって、さぼりたい気分なんだ。DVDでも借りて、圭の部屋でのんびりしようよ」

音声入力でも、チャット画面の送信ボタンは押さなくてはならないので、誰かに「歩きスマホ」を注意された。

「ぼくが自殺するとでも、心配している？」

どきっとさせられる。もし、あのとき、圭と一緒にいたら、わたしは何と答えていただろう。前日の夜の段階では、圭が自死を選択するとは考えていなかった。その懸念を抱いたのは、一限の講義が終わって、圭からのメールを読んだときだ。だから、現時点で、あの日のわたしは、その心配をしていない。

「うん。だって、『さよなら』なんていうメールを寄越《よこ》すんだもの……」

あの日の再現ではなく、いまの感情に素直になることにした。

「衣理奈の顔を見たら、だいぶ、気持ちが落ち着いた」

（こんな間際に、罪状を突きつけなくてもいいのに……）

わたしは、今回の圭を恨む。やはり、あの台風の日、講義中のマナーよりも、圭を優先しなければならなかったのだ。

「だったら、メールじゃなくて、電話をくれればいいのに。今日は、たまたまメールに気づいたけれど、普段は、講義中にメールを見ないよ」

九月二十八日のホームに上るエスカレータで、イヤホーンのマイクに向かって言う。圭からの応答が途切れて、わたしは、また失敗をしたのかと思う。

(不用意に脈を速めちゃ駄目だ)

「圭は、どこにも行ってほしくない」

「さっきは、東大か京大って言ってたくせに」

(よかった。まだ会話タスクは消滅していない)

「そういう意味じゃなくて、わたしと同じプラネタリウムの中にいてほしいってこと」

いま、わたしがいるのは、プラネタリウムのどちら側だろう。エスカレータが終わる。新千歳空港に行く快速列車が来るホームは、土曜日にもかかわらず混み合っていた。昨夕《ゆうべ》、人気グループのコンサートでもあったのかもしれない。スーツケースを持った旅行客が多かった。

「プラネタリウムか……。衣理奈は、まだ、ぼくが渡した天球儀を持っている？」

「持っているよ。わたしが彼氏からもらった唯一のクリスマス・プレゼントだもん」

「あの天球儀の中の地球にも、目には見えないけれど、天球儀をプレゼントするカップルがいるのかな?」

圭の言葉を理解するのに、時間がかかる。その間に、快速列車が入線するアナウンスが流れた。

「圭、わたしと手をつないで」

「うん」

圭が、わたしの手を振り払ってまで自死を選択するはずがない。

今日は、スーツケースにつまずいてホームから転落する会社員はいない。けれども、有機素子ブレードの中の圭には、その会社員が見える。快速列車がホームに入った後、圭がわたしの手を握ったままでいてくれたなら、九月二十八日の圭は自死を選択したのだろう。わたしは圭を救えたのに、彼を見殺しにしたことになる。逆に、手が離されていれば、それは、圭にしか見えていない会社員を助けるためにホームの先に向かったのだ。

わたしは、どちらを望んでいるのだろう。大好きだった圭を救えなかった自分を責め続けたいのか。それとも、亡くなる前の二、三ヶ月は平常心を失っていた圭だったけれども、最期だけは、困っている人を目の前にして助けずにはいられない圭に戻っていたことを望んでいるのか。

「圭の苦しみを知りたい」なんて、ただの驕りだったことに気づく。わたしが知りたいのは、わたし自身だ。

南雲は、土曜日の誰もいない研究室に入った。出会い系サイトの利用率が普段の土曜日よりも高いのを見て、今夜がクリスマス・イヴであったことを思い出す。

（去年までは、女から逃げるために、ここで過ごしていたのにな……）

友人がいなくなってから、セックスが目的の女友だちと遊ぶのも虚しかった。おかげで、彼女たちは、自分よりもまともな男とクリスマス・イヴを迎えるに違いない。机に置いてあったアップル・ウォッチをつけて、会話システムにログインする。早速、ナチュラルが茶化すように話しかけてくる。

＞相変わらず、南雲は、誕生日とクリスマスは研究室にいるね

＞今年は、ただの暇つぶしだよ。他人の恋愛感情を商売のねたにした報いかな

女子学生には、誰かを不幸にするために自分の能力を使うなと咎めたのに、それを言う資格があったのかを自省する。

＞南雲らしくないな

＞そっか？　もとから、女に興味がなかったのかもしれない

何気なく入力した後、チャット画面の自分の言葉を眺めると、それが正解のような気が

してくる。南雲は、初めて付き合ったガールフレンドを除けば、女に執着した記憶がない。

〉佐伯って学生は、女だろ？

〉そうだよ。それがどうかしたか？

〉奈緒ちゃん以外では、唯一、南雲を取り乱すことに成功した女だな

ナチュラルのメッセージに、南雲は佐伯がいた席を見る。隣の机のモニタの電源は落とされていたが、木曜日にはなかったはずの手袋が脱ぎ散らかされている。

〉悪い。ちょっと出掛ける

研究棟の中を走ったのは、初めてかもしれない。何も考えずに駐車場から車を出したが、大雪の中では札幌駅に路上駐車をする場所がないことに気づいて、大学の正門脇で車を乗り捨てた。守衛の注意する声が聞こえても、そのまま駅に向かって走った。

♭

わたしは、入線してくる快速列車の音を聞きながら、スマートフォンの画面を見つめた。もうすぐ、圭の前で、会社員がホームから転落する。列車が近づく雰囲気で少しずつ詰まる乗客の列に押されて、ずるずる足を進めなければならない。そのとき、列を横切る女性客のスーツケースが、スマートフォンを見る視界の向こう側をかすめる。

（えっ？）

「あの人、線路にっ」

イヤホーンから合成音声が聞こえる。スーツケースにぶつけられて、ぐらついた身体をたて直そうとしたとき、わたしの手からスマートフォンが滑り落ちる。膝の痛みを感じながら、乗客の足許をすり抜けて、線路に向かっているスマートフォンに手を伸ばそうとする。イヤホーンのコードが伸びきったとき、わたしは、圭とつないでいたはずの手を握られた気がした。外気で冷たくなっていたけれど、大きな掌の感触は、あの台風の日、線路に転落した男性を圭が助けに行かなかったことの証《あかし》だ。

（圭は、わたしがいれば、自死を選択しなかった。人助けは、偶然の副産物だ）

時間だけが歩みを止めたような瞬間の中で、わたしは、圭を救えなかった自分を悟る。

けれども、イヤホーンから聞こえた最後の合成音声は違っていた。

「大丈夫。間に合う」

スマートフォンは、イヤホーン・ジャックから外れ、その声を残してホームの端の向こうに消える。ホームに惨めな気分で転び、列車のドアや、雪に汚れた車体番号が、視界を通り過ぎていく。圭が握ってくれていたはずの手の感触が消えて、その腕がわたしを抱きかかえる。

「間に合う」ってどういう意味？　圭はわたしの手を握っていたのに、線路に飛び込んだの？　もし、わたしが一緒にいたら、わたしを道連れにしたってこと？

わたしは混乱する思考のまま、圭の腕に支えられて立ち上がる。

「何、考えているんだっ？」

コンクリートに打ち付けた膝の痛みに堪《た》えながら聞いたのは、圭の合成音声ではなかった。

「俺のシステムで不幸にならないって、約束しただろう」

「南雲さん？」

駅の医務室で、膝の傷の手当てを受けながら、ホームでスマートフォンに没頭していたことを注意される。南雲助教は、何も言わずに、そのわたしを待っていてくれた。

「寒いから、そこで羽織るものを買ってくる」

医務室から出ると、南雲助教は、わたしの腕を摑んで、ショッピング・モールの衣料品店に向かう。医務室ではコートを脱いでいるのかと思ったが、彼のシャツは、カーディガンの上で解けた雪で濡れている。わたしは、混み合う衣料品店の中で、何を考えればいいのかも分からず、列車に潰されたスマートフォンの残骸を持って、服を買い揃える彼を眺めていた。

「クリスマス・プレゼントだ」

衣料品店を出たところで、南雲助教からレインボウ・カラーの小さな紙袋を渡される。

中を見ると、緑色の手袋が入っていた。

「研究室に、手袋を忘れてきただろう？」

「ありがとうございます」

わたしは、まだぼんやりとした頭で、お礼だけを言った。南雲助教は、駅の雑踏にわたしを残して、大学のある北口に向かって歩き始めてしまう。彼についていくかを迷う。

(研究室に戻れば手袋があるのに、手袋をくれたってことは、もう研究室には来るな、っていう意味？)

けれども、研究室のモニタで、会話プログラムの科白を確かめたかった。わたしは、人混みに紛れた南雲助教の後ろ姿を探して、タクシー乗り場の列に並んでいる彼を見つける。

「あの……」

「何だ？」

何を言えばいいのか分からない。

「研究室に戻るんですか？」

「そうだよ。正門のところに車を乗り捨ててきたから、早く戻らないと、お説教が長くなる」

「正門までなら、歩きませんか？」

(何を言っているんだ？)

「膝、怪我しているんだろ？」

返事を考えているうちに、タクシーに乗る順番がきてしまう。先に乗った南雲助教が「早く乗れ」と言う。タクシーの中も、正門で乗り換えた南雲助教の車の中も、会話はなかった。初めて南雲助教の研究室を訪れたときのことを思い出す。同じ沈黙でも、あのときの居心地の悪さは消えていた。

わたしは、手袋の入った紙袋を机に置いて、モニタの電源を入れる。ホームでは聞けなかった、圭の最期の科白が残されていた。

＞間に合うと思ったんだけどなぁ。あの人、助かった？

そのメッセージは、恋人だったころの圭の声を思い出させる。合成音声よりも、ずっと心に響く。わたしは、ふさぎ込む前に戻った圭に結果を報せたくて、キーボードを打つ。

＞うん。圭のおかげで、助かったよ

有機素子コンピュータの答えは知っている。それでも、圭に伝えたかった。

＞@kawahara_kei is not available

南雲は、濡れたカーディガンを研究室のごみ箱に捨てて、円卓の横にある有機素子コンピュータのスーパーバイザーのモニタで、佐伯が使っているブレードの状態を確認した。

（また失敗か……）

彼女の設定したタスクが消滅しているのを見て、小さくため息をつく。実験の内容を聞いていなければ、「三回くらいで諦めるな」と励ますだろうが、そんな気持ちには到底なれない。黙って自席に戻ると、会話システムにログインしたままだったので、ナチュラルの質問が画面に出力されている。

＞用件は済んだか？

＞当分、付き合わされるのかなぁ。知ったことか、って感じだよ

南雲は、とりあえず返事を入力して、頭の後ろで手を組んで、背もたれに身体を預けた。また泣いているのかと思い、横を向くと、佐伯はすっきりした表情で、頬づえをついて天球儀を眺めている。

＞いや、終わったみたいだ

＞よかったね。まぁ、俺が、そういうふうに書き直したんだけどさ

いったい、ナチュラルは、何を知っていて、何を書き直したのだろう。

＞ところで、こないだの問題は解けたか？

＞こないだの問題？

＞俺たちが作ったシステムにおいて、会話プログラムはフレームの外に出ることはできない。その逆は？

　南雲は、そういえば……と、ナチュラルの問いかけを思い出す。

＞プログラム以外は、フレームの中に入れない？

＞まぁ、そんなところかな……。佐伯っていう学生も、南雲も、まだ天球儀の中には入れない

＞ナチュラルは、天球儀の中にいるのか？

　ナチュラルからの応答がない。南雲は、自分の失言に気づいて、慌ててスーパバイザーのモニタの前に戻り、ナチュラルを格納したブレードを確認する。ナチュラルは、正常に稼動している。

忘却のワクチン

過去を書き換えられるなら、ぼくは、彼女のために、どれくらいの代償を払うだろう？彼女に降りかかった出来事を噂で聞いたとき、そんなことを考えてしまった。でも、一瞬だ。ぼくは、彼女にとって、もう何者でもない。

彼女の不注意と言ってしまえば、それまでだ。経緯を知る由《よし》もないけれど、遊び半分で男と付き合って、ホテルのベッドでブランケットにくるまった写真がインターネットに流出してしまうなんて、「いまどき、そんな情報リテラシィもなかったのか」と呆れてしまう。そのせいで彼女がふさぎ込んで、ほとんど講義にも出席しなくなったことを人伝《ひとづて》に聞いたからといって、ぼくが責任を感じる必要はどこにもない。

高校生だったぼくが、香織《かおり》にとって、何番目に優先度の高い彼氏だったのかは分からない。一番目でなかったことは確かだろう。それでも、ぼくにとって、初めて告白をされた相手だし、初めての彼女だし、初めてデートをして、初めてキスをした相手だった。

「あいつ、このまま前期の試験をすっぽかすと、卒業できないだろうな」

週に一、二回、講義で顔を合わせる程度の知人が言う。彼は、ぼくのことを友人だと思っているかもしれない。飲み会があれば声をかけられるし、試験前になるとノートを借りに来る。けれども、彼が、ぼくのいない場所で「あいつ、付き合い悪いよな」（本当はもっとひどい言葉だろう）という類《たぐい》のことを言っているのを、これもまた友人らしき知人から聞いている。「あいつ、おまえのこと、陰ではこう言っていたよ」と。

「銀行から内々定取ったって自慢していたけど、取り消しだろうな」

ぼくは、曖昧にうなずいて、講義が始まるのを待つ。もちろん、彼女と高校が一緒だったことや、初めての彼女だったことを言うつもりはなかった。

「あれ？　おまえって、あの子と同じ高校だっけ？」

「そうだよ」

嘘をついても、後からいろいろ言われそうなので、できるだけ短い言葉を選んで答える。

「高校のころから、何人もの男と付き合うタイプだった？」

「クラスも違ったし、知らない」

本当は、一年生のときに同じクラスだった。ぼくは、一刻も早く友人面《づら》の知人から解放されたい。この調子だと、講義が始まっても、九十五分間、ひそひそ話に付き合わされそうだ。

「ごめん、電話だ」

ぼくは、着信もしていないスマートフォンを持って、席を外す。講義室の外で、留守電を聞くような振りをして、講義の始まった席に戻る。

「彼女が風邪ひいたみたいだから、様子見てくる」

「おまえ、彼女なんていたの？」

（いま、できたんだよ）

「悪いけれど、スマホで板書だけ撮っておいてくれないかな？」

ぼくは、彼の返事を待たずに、机の上の本をまとめて席を立ち、講師に一礼をして外に出た。

（だいたい、大学で友人なんかできるのだろうか？）

もうすぐ、前期が終わる夏のキャンパスを歩きながら思う。校歌のリフレインでは「友たれ　永く友たれ」と謳《うた》っているけれど、学内の知人たちとの会話といえば、どの講義の単位が取りやすいだの、誰が誰と付き合っているだの、スマートフォンを新機種に買い換えたとか、どこのアルバイトは時給がいいだの、そんな話ばかりだ。そのどこが、友人なのだろう。

運が悪いことに、苛立《いらだ》ちから人文科学棟を出たのは、まだ午前中だった。図書館に行けば知人に遭ってしまうかもしれないし、家に帰っても母に言い訳をするのが面倒くさい。映画でも観ようかとスマートフォンで上映中の作品を調べたけれど、どれも興味を持てなかった。もちろん、風邪をひいて様子を見にいく彼女もいない。ぼくは、ふと附属植物園を思い出す。そこなら、経済学部の知人に遭うことはないし、三時間程度はぼんやりと過ごせる。

附属植物園のことを思い出したのは、きっと香織のせいだろう。彼女は、高校生のころ、道庁の裏手にある植物園が好きだった。二人で受験勉強をしながら、「北大に受かったら、ただで入れるんだよ」と笑顔で話していた彼女を思い出す。いまでも、学生証を提示すれば、四百円を払わなくていいのだろうか。キャンパスの南門からのんびり歩いて十分ほどの植物園の入り口に行くと、学生証を提示することで入園料は免除された。もし、彼女と付き合っていれば、ぼくは、それを三年前に確認できていた。

(夏場は週一、冬は二週に一回くらいだとすると……)

ぼくは、意味のない計算をしながら、目についたベンチに腰掛ける。

(年に約三十回。三年半で約百回。それが二人分だから……)

就職活動で、札幌と東京を三、四回往復したおかげで、ここのところ金銭感覚がずれていたけれど、そこそこの大金だった。ぼくたちには、その権利があったのに、自ら放棄してしまった。

（逸失利益、八万円）

意味のない暗算を自嘲して、気分が軽くなる。

「こんなところで、何しているの？」

その声は、ぼくにとって甘い思い出のはずだったのに、響きに棘があった。ぼくは、たぶん、冷めた笑いを浮かべていたのだろう。声をかけてきたのは、風邪ではないけれど、部屋に引き籠っているはずの過去の彼女だった。

「久しぶり。大丈夫？」

キャンパスで何度かすれ違ったことはあったけれども、言葉を交わすのは高校卒業以来だった。他に言葉が見つからない。「大丈夫？」と訊いたのは余計だった。

「こんなところまで、わたしを馬鹿にしに来たの？」

香織は、少し痩せたせいだろうか、高校生のころの可憐さがなくなっていた。

「香織がいるなんて、思わなかった」

「ここに来れば、わたしがいることを知っていたくせに」

「知らなかった」と答えるのは簡単だ。嘘のない言葉は、そこから、余計な物語を引き出したりしない。けれども、彼女の科白《せりふ》には「ぼくたちが植物園でのデートを好きだった」ことと「香織は、そのぼくを覚えていてくれた」ことの二つが含まれている。

「メールや電話じゃ、顔を見られないから……」

　ぼくは、なんとか、会話をつなぎ止めようとする。

「馬鹿にしても、スルーされたんじゃ、つまんないものね」

「香織を馬鹿にするつもりなんか、これっぽっちもないよ」

「わたしを馬鹿にしたら、わたしと付き合っていた自分も馬鹿だって認めることになるから？」

　夏の植物園に溶け込むのを拒絶するような漆黒のフレアスカートと真っ白なブラウスを、ベンチから見上げる。清楚な装いと棘のある言葉は、未熟な種子を抱えた植物に似ている。

「ぼくは、誰に馬鹿にされたって構わない」

　友人を作らなかった代わりに、本気で馬鹿にされるほど嫌われることもなかった。

「言っとくけれど、わたしは傷つかない。君に振られたときだって、何とも思わなかったから」

（振られた？　振ったのは香織で、振られたのはぼくだよね？）

「わたしを矯正しようなんて、君の驕《おご》りなんだよ」

　ぼくを見つめて言う香織の科白は、文脈も何もあったものじゃない。彼女を矯正しようなんて思ったことはないし、彼女に矯正しなくてはならない部分があるとも考えていなかった。高校生の彼女は、何人かの男友だちと繁華街で夜遊びをしたり、酔っ払った写真を深夜に送りつけてきたり（きっと、ぼくの友人面をした知人が撮ったのだろう）、葉っぱを試してみたりしていた。けれども、ぼくは、その彼女に何も言わなかった。

「香織の何かを矯正しようなんて思ったことはない」

「『そんなことをしても傷つくのは自分だよ』って、君はいつも眺めているだけ」

「支離滅裂だ」

高校生の自分は「君」と呼ばれていたなと思う。そんなことさえ、忘れていた。

「自分は間違っていないって信じていて、そこから外れていくわたしを馬鹿にしていたんだよ」

馬鹿にしたことはなかったけれども、ぼくは自分の基準でしか香織を見ていなかったかもしれない。高校生なんて、そんなものだ。

「わたしを見放して、こんなところまで来て、まだ、わたしを馬鹿にするなんて最低っ」

ぼくが言い返す科白を探しているうちに、香織は植物園の奥へと歩いて行ってしまった。

人気《ひとけ》のないベンチに残されたぼくは、なんだか夢を見たような気がした。夢がそうであるように、伝えなければならなかったことは、それを伝えるべき相手が消えてからしか言葉にならない。

「香織に嫌われたくなくて、『そんなことしちゃ、駄目だよ』って言えなかっただけなんだ」

居つかれている。

南雲薫は、研究室の隅にある棚に並んだハーブティーの紙包みを眺めながら思った。

二年前、上司の藤野奈緒からの要請で、一時的に実験の手助けをしたはずの佐伯衣理奈が、いまだに週に二回以上、南雲の研究室で時間をつぶしている。彼女の一回だけの実験に使った有機素子ブレードも、いつのまにか、彼女専用の会話プログラムが組み込まれていた。否、そのブレードは、当時、大学に使用許可を取っていなかった。誰も使っていなかったので、南雲が勝手に使用可能な状態にしただけだが、知らないうちに、佐伯はその使用許可を正規のルートで申請していた。

ハーブティーも……、論文の推敲で詰めていたとき、「コーヒーだけだと身体に悪いですよ」と差し出されて、「たまには、ミントティーも美味しいね」と答えた記憶まではある。だからといって、ハーブティーをいつも飲みたいと言った覚えはないし、ドイツ語やらチェコ語やらのティーバッグを揃えてほしいとは、思ったことさえない。これが自室であれば「自分が使うことはないから持って帰ってくれ」と言えるところだが、ここは大学院から借りている研究室だ。研究の邪魔だという明確な理由を探さなくては、ティーバッグを片付けさせられない。佐伯は学費を納める立場で、その学費は自分の給料の源泉だ。

南雲は、いまいましい気分で、インスタント・コーヒーをぬるま湯で溶いて、冷蔵庫で冷やしておいた水道水を注ぎ足して自席に戻る。

「佐伯って、就職は決まったの？」

アイスコーヒーを飲みながら、研究室で秘密裏に行っている副業の事務を任せている尾内佳奈に訊く。

「あら、南雲さんは知らないんですか？」

「知らない」

「衣理奈ちゃん、進学希望で、就活は全然していませんよ」

「どこに進学するつもりなんだ？」

「まぁ、藤野教授の研究室に来るのが妥当ですよね」

斜向《はすむ》かいに座る尾内は、さも当然のように答える。自分と同じ専攻の修士課程に進学するつもりなら、ひと言くらい報告があってもよさそうなものだ。

「誰も彼も希望すれば進学できるわけじゃないし、就職活動もしておいた方がいいんじゃないのか」

「わたしにおっしゃられても……。直接、衣理奈ちゃんにアドバイスしてあげた方がいいですよ」

「尾内は、院に進学するとき、企業はどこも受けなかったのか？」

「わたしは就職氷河期でしたからね。志望企業に全部落ちて、仕方なく大学に残った口なので、適切なアドバイスはできそうもありません」

「そっか……」

南雲は、聞いてはいけないことを訊いてしまったようで、自分専用の会話システムにログインしようとする。ちょうど、そのタイミングで佐伯が研究室に入ってきた。

「こんにちは」

佐伯は、ごく自然に、南雲の隣の席に座り、有機素子コンピュータのクライアント端末を起動する。

「ルタオのプリンがあるけれど、衣理奈ちゃんも食べる？」

尾内の言葉に喜んでうなずいている佐伯を見ながら、この学生は、この先の二年間もここに居つくのだろうかと不安になる。

（ここは、君たちの喫茶室か……）

「南雲さんに相談したいことがあるんですけれど、時間をもらえますか？」

佐伯が、プリンを食べながら声をかけてくる。

「就職の相談とかでなければ」

「わたしが南雲さんに就職のお願いをしたら、尾内さんと職の奪い合いになっちゃうじゃないですか？」

佐伯は、南雲の副業を知っている数少ない人間のひとりだ。学内のサーバーで、出会い系サイトを運営しているなどと吹聴されては困るので、南雲は、アイスコーヒーの入ったマグカップを持って、仕方なく円卓に向かう。

「経済学部の人から、リベンジ・ポルノを完全に消し去りたいって依頼されたんです」

「ここは、便利屋じゃない」

「まぁ、そうなんですけれど……」

佐伯によれば、藤野研究室の男子学生に「コンピュータに詳しい女子学生を紹介してほしい」という依頼があり、研究室で唯一の女性である佐伯が、その依頼人に会うことになったのだという。

「その依頼人が男か女か知らないけれど、リベンジ・ポルノの内容を知られたくないから、佐伯が選ばれたんだろ？」

「そうだと思います」

「だったら、俺に相談するな」

男子学生に、そんなことを相談すれば、そのポルノを見せなければならない。安易にポルノを見せたくないから、女子学生が指名されたのだろう。その依頼人からすれば、男子学生も、男の助教も変わらないはずだ。

「そうなんですけれど、わたしひとりじゃ、何もしてあげられないし。口が堅くて、そういうことができそうな人は藤野教授か南雲さんしか思いつかなくて」

「じゃあ、奈緒ちゃんにお願いすればいい」

南雲は、学生のころの習慣で、上司の藤野を「奈緒ちゃん」と呼んでいる。

「藤野教授に、いま、変な印象を持たれても困るし……」

「奈緒ちゃんは、そんなことでいやな顔をしないよ」

藤野は、学部長選を辞退して、いまはそれほど忙しくない。あと数年、この大学で教授職をおとなしく務めて、次はどこかの私立大学の特任教授にでもなるつもりだろう。いまさら、新しい論文を書く必要もない。時間を持て余しているに違いない。

「うーん……。わたしとしては、南雲さんが適任だと思うんですけれど……」

「だいたい、インターネットにばらまかれた画像を完全に消し去るなんて、ほとんど不可能に近い」

「ほとんど不可能に近い、い、い」

佐伯は、語学を習いたての学生のように、南雲の言葉を復唱する。

「そんな方法があれば、とっくの昔に、そういうサービスを請け負う企業がインターネットに広告を出している」

「ですよね。わたしも調べましたけれど、検索サイトの運営元への依頼サポートとか、弁護士への相談とかがサービス内容で、どこにもリベンジ・ポルノを抹消できるとは書かれていません。それを『ほとんど不可能に近い』って言う人は、南雲さんくらいです。たいてい、『できない』で一蹴します」

佐伯は、小さな瓶の底に残ったプリンを、スプーンで丁寧にかき集めながら言う。

（他人の言葉尻を取りやがって）

「それを商売にしている奴らが、そう言うんなら、そのとおりなんだろう」

「南雲さんなら、『できない』とは言わないと思って、お金、もらっちゃいました」

「はぁ？　できなかったら、どうするんだ？」

「そんなこと、考えてもみませんでした」

プリンの最後のひと口を載せたスプーンをくわえて、佐伯が微笑む。

「できない」と言わなかったのは、佐伯という工学部の女子学生が初めてだった。けれども、彼女には断られた。

ぼくは、学内の知人には頼らずに、香織のリベンジ・ポルノの抹消方法を調べ始めた。

そんなことを話しても、香織と付き合っていたことが知れて、飲み会の笑い話のネタを提供するだけだ。SNSに仮のアカウントを作って、「インターネットにばらまかれた画像を消したいのだが、いい方法はないか？」と掲示してみたけれど、好意的なものでも「警察か弁護士に相談するしかない」という回答で、たいていは「無理」というものばかりだった。それから、ぼくとしては、かなり思い切ってインターネットに広告を出していた会社を訪れた。

「気長に監視して、その画像の所有者を見つけたら、消去のお願いをしていくしかないですね」

応対した社員は、そう言いながら、顔には「できない」と書いてあった。

「費用はどれくらいですか？」

「一日、二時間、ひとりがインターネットを検索、監視したとして、一週間で七万円。削除の依頼費用は実費を別途請求、というところです」

「裁判所が、削除を要求してもですか？」

「そのためには、まず裁判所に削除を要請する手続きが必要です。そのうえで、サイトの運営者に対しては、場合によっては有効ですよ。児童ポルノでもないかぎり、個人の所有物は、個別の対応次第です」

三十歳前後で、細身のスーツを着た社員は、「学生は何も分かっていない」とでも言いたげだった。

要約すると、画像の消去はもぐら叩きのようなもので、それでも完全には抹消できないということだ。ぼくは、半分諦めかけて、「インターネットに詳しい女子学生を紹介してほしい」と、同じ高校を出た工学部の知人に頼んでみた。幸い、彼は、「インターネットに詳しい」よりも「女子学生を紹介してほしい」の方に興味を示してくれて、「あんまり可愛くないけれど、いるにはいるよ」と、佐伯衣理奈という同学年の女子を紹介してくれた。

「他人には、絶対に話さないでほしいんだけれど」

そう切り出すと、同学年としては幼い感じのする彼女は、「分かりました」とうなずいてくれた。ぼくは、半信半疑のまま、要望を説明した。

「それって、あなたの画像？」

「まさか」

「どうして、『まさか』なの？」

彼女の質問の意図が分からなかった。

「だって、ぼくは男だし……」

「自分は、加害者じゃないけれど、男だから優位なところにいて、誰かを助けて、自己満足をしたいだけなんだ？」

「そうじゃないけれど……」

彼女が何に対して顔をしかめているのか理解できずに、少しむきになってしまった。

「いま聞いた話は、ちゃんと忘れるから、他をあたってください」

彼女は、財布からコーヒー代の二百円をテーブルに置いて、学生食堂を出て行ってしまった。テーブルに残された二枚の百円硬貨を眺めて、しばらくしてから、「できない」と言わなかったのは、彼女が初めてだったことに気づく。同時に、ジーンズにギンガム・チェックのシャツを着た彼女の後ろ姿は、植物園の森に消えた香織を思い出させた。服の趣味はまったく違ったけれども、二人とも、ぼくを見限っていた。

ぼくは、「加害者ではなく」、「男だから優位な立場にいて」、「香織を助けて自己満足したい」と、彼女の科白を反芻《はんすう》する。

どれも正解かもしれない。

ぼくは、自分の間違いを認められず、かと言って、高校生の香織が男友だちと飲み歩いても注意することはできなかった。でも、香織はぼくから矯正されるような視線を感じていた。佐伯という女子学生の言葉で、植物園で聞かされた夢の中のような言葉が、かるたの読み札と取り札のようにつながっていく。

翌日、ぼくは、工学部棟の佐伯さんが所属する研究室を訪ねた。研究室にいた五十歳くらいの女性が「佐伯さんなら、もうそろそろ来ると思うけれど、ここに来るかは分からないから、入り口で待っていた方が確実」と言うので、建物の外のベンチで彼女を待つことにした。

もうすぐ夏休みだ。その間に、キャンパスは噂話に飽きて、香織も後期には大学に戻ってくるかもしれない。木陰のベンチで、乾いた風を浴びていたら、自分のやろうとしていることが、意味のない努力のように思えてくる。インターネットにばらまかれた画像を抹消したって、香織は、ぼくに感謝することもないだろう。「また、矯正しようとしたの？」と罵《ののし》られるのかもしれない。

けれども、来春には東京の企業に勤める自分に、札幌を離れる前にできることがあるだろうか。親に勧められるまま入った大学で、校歌にあるような友人を作ったわけでもないし、経済学部で何かを学んだとも言い難い。四年間で二百五十万円の学費を、両親に払ってもらって、就職に必要な学歴をもらった程度だ。そのことに後悔も感じない。やり残したことといえば、高校のころに好きだった女の子が、以前のように屈託なく笑って過ごせるようになることだけだった。四年間を過ごしたキャンパスで、ひとつくらい、いい思い出を作りたい。

そんなことを考えながら、うとうとしていたようだった。声をかけられたとき、一瞬、附属植物園のベンチで、再び香織に遭遇したのかと勘違いした。

「まだ、わたしに用事があるの？」

「えっと……、ぼくは、間違っているかもしれないし、安全な場所から高みの見物をしているだけかもしれないけれど……」

言葉が続かない。佐伯という女子学生は、たぶん、昨日と同じジーンズで、シャツを薄手のパーカーに着替えただけだ。

「高みの見物をするんだったら、どれくらい、お金を払ってくれるの？」

「お金の問題？」

「あなたを見ていると、そう言いたくなる」

彼女は、そう言って、ベンチの隣に腰を下ろす。

「そんなふうに見えるのか……」

「だって、まさか自分はそんなドジは踏まないし、被害者はいつでも女だと思っているんでしょ？」

「そうだね。でも、男だって傷つくことはあるよ」

「それ以前に、リベンジ・ポルノに男も女も関係ないと思う」

ぼくは、そういうことかと思う。教養課程の講義で、「性犯罪の被害者が女性だけだと考えるのは、女性軽視と同じ発想から出てくるものです」と聞いたのを思い出す。ぼくは、それを「聞いた」だけで、彼女は、その言葉を理解して性差異のない言動を実践しているのだろう。

「税抜き八万円」

それが、ぼくの提示した「高みの見物代」だ。

「ねぇ、経済学部って、ソフトウェアの相場も知らないの？」

「知らない。もし、彼女と一緒に大学生活を過ごせたら、そのくらいの金額が浮いた」

「何、それ？」

　きっと、ぼくの隣にいる女子学生は、怪訝《けげん》な顔をしているに違いない。

「附属植物園の入園料の三年分。四百円なんて、飲み会のビール一杯分くらいだけれど、高校生のときは、二人分の八百円でも、それなりの負担だった」

「で、彼女と別れたから、八万円が浮いたってわけ？」

「違うよ。附属植物園には、学生証を提示すれば、入園料はかからない」

「初めて知った。ただになるの？」

「JRに分断されたキャンパスの一部みたいなものだし、正確には『附属』でもないよ」

　昨日知り合った学生と、何を話しているのだろう。

「あなたの抹消したいデータって、どんな画像なの？」

「悪いけれど、知らない」

「それじゃあ、何を消せばいいかも分からないじゃない」

「噂話を聞いていれば、だいたい想像はつくけれど、見たくないんだ。たぶん、『高橋《たかはし》香織』で検索すれば出てくるんだと思う」

「分かった」

隣に視線を向けると、彼女は、まっすぐに空を眺めていた。

「何が？」

「八万円で、その画像をインターネットから抹消してみる」

「本当に？」

「条件がひとつ。わたしだけじゃできそうもないから、指導教官に協力してもらってもいい？　男の人だけれど」

「信用できるなら」

「工学者として？　それとも男として？」

「その両方」

しばらく、彼女は、ベンチに両手をつきジーンズの両脚を浮かせるようにして、空を眺めたままだった。

「前者は知らないけれど、後者は信用できるよ」

「二人で、その写真を見て笑いあったりしなければいいよ」

「そんなことをする奴だったら、好きになったりしない」

そんなふうに、誰かを好きになれる強さが羨ましかった。

「八万円は、いつ払えばいい？」

「わたし、博士課程まで行くかもしれないから、それでいいよ」

「佐伯さんが進学するのと八万円に、何か関係あるの？」

「だって、学生証を提示すれば植物園はただになるんでしょ。いままで知らなかったから、植物園に行ったことがなかったけれど、五年あれば元が取れそう」

彼女は、初めて笑顔を見せてベンチから立ち上がると、工学部棟に入っていった。

七

南雲は、パソコンのメールボックスに気になる件名を見つけて、憂鬱になる。

『📎准教授採用にかかる申請書／他1件』

ファイルが添付されているマークが付いているが、差出人が藤野奈緒なので、コンピュータ・ウィルスに感染する心配はない。問題は他の一件だ。南雲が研究室に閉じ籠って、酒席にも参加しなくなってから、上司は、重要な伝達事項を、無視できないメールに書き足す癖がある。准教授採用は、南雲が大学に残るかぎり必要不可欠な用件だが、それ以外の件は、藤野奈緒にとって必要なだけで、自分には厄介事である可能性が高い。彼女は、南雲が研究室の新歓や忘年会関連のメールを開封しないことを知っていて、ウィルスよりも質《たち》の悪い連絡を記してくる。

分かっていても、期限付きの助教から准教授への採用は、目下、最重要事項だ。メールを開封した途端、パソコンのモニタから毒矢が飛んできても、開封しないわけにはいかない。

『佐伯さんは卒論の追い込み中です。彼女の実力なら、院試《いんし》でつまずくことはありません。現時点でもほぼ合格の見込みなので、あなたを指導教官にしてあげます。論文の査読数も、准教授推薦の重要なファクタです』

(何が、『してあげます』だ?)

『ついては、佐伯さんが論文の推敲に集中できるように、彼女が厄介事を抱え込んだら、指導教官が対応すること』

間違いなく、藤野は、佐伯がすでに厄介事に捲き込まれていることを知っている。そのうえで、「つまずくことはない」だとか「ほぼ合格」だとかと嘘八百を並べたのだろう。佐伯が卒論でうんうん唸っているのは、隣で見ている自分の方が余程知っているつもりだ。

南雲は、メールを読み終えて、副業で使っている会話システムにログインする。

〉また、奈緒ちゃんか佐伯さんから厄介事を押し付けられたか?

早速、「ナチュラル」というスクリーン・ネームを付けた会話プログラムが話しかけてくる。

〉その両方

〉南雲の女遊びは、女難の魔よけだったのかもな

ナチュラルが、南雲をからかう。ナチュラルは、かれこれ二年半、一度もリブートをし

ていない。にもかかわらず、会話が破綻しない。会話プログラムとしては、ほぼ完成の域に達している。二年前から、出会い系サイトの「さくら」を減らして会話プログラムに置き換えているが、利用客に気づかれた様子もない。プログラムのパラメータによっては、「さくら」よりも利用客の囲い込みに成功している。

〉ところで、インターネットにばらまかれたリベンジ・ポルノを抹消する方法って、あると思うか？

准教授採用との交換条件のような脅しを受ければ、佐伯が持ち込んだ依頼も真剣に考えなくてはならない。

〉南雲はどう考えている？

人間並みのスピードで回答を検索できなかったとき、質問に質問を返すのは、プログラムが時間稼ぎをするための仕様だ。

〉出所を摑めば、ある程度までは可能だと思う。ただ、「完全に」と言われると、難しい
〉なぜ、発端を摑むと「ある程度までは可能」なんだ？

「出所」を「発端」に置き換えるのは同意語検索で可能な範囲だろうか、と考えながら、ナチュラルとのテキスト・トークを続ける。

〉そんなものを自分のパソコンに取り込むのは、たいていは知り合いだ。ネットワークで、関係のありそうな相手を検索できる

＞検索して、どうする？

（それもそうだな……）

＞相手の家に不法侵入して、パソコンを床に叩きつけてくるのか？

相手はキーボードを打つ必要のないプログラムだ。南雲が考えあぐねている間に、次の質問が発せられる。人間が考えた命題に解を出すアルゴリズムはそれほど難しくない。けれども、文脈を理解しながら、命題を自作できるアルゴリズムは、南雲の友人が作っただけあって優秀だ。

＞やっぱり、無理か……

「発端」を押さえる発想は正解だと思う。要は、その「発端」をなかったことにすればいいんだからね

「発端」をなかったことにする？

＞そうだよ。「発端をなかったことにする」を言い換えるなら、「過去を忘れる」だ

南雲は、ナチュラルのアルゴリズムを想像しながら、テキスト・トークを続ける。

＞忘れても、画像が残ってしまえば、また同じ画像がばらまかれるかもしれない

＞それは、忘れていないからだろ

＞俺が言っているのは、ある出来事を忘れても、データがあれば、それを思い出す可能性があるってことだよ

ナチュラルは、ときどき禅問答のような会話を始める。南雲は、たいてい、それを相手にしないが、今回は自分の将来がかかっているだけにやめられなかった。
＞南雲は、二年前に現代美術コンクールで賞をとったポスドクを覚えている？
＞覚えている。来春、ドイツから戻ってきて、岡本教授の下で、パーマネントの助教になる
＞そこまでは知らなかったな。三十代前半でパーマネントを取れるなら、南雲のライバルだね。まぁ、それはいい。ところで、「その彼は尾内佳奈と付き合っていた」、True か False か？
南雲は、斜向かいに座る尾内を見る。自分の記憶が正しければ、ナチュラルの質問に対する回答は〝T〟だ。ただ、肝心の尾内が、そのポスドクと付き合っていたことを覚えていない。自分に隠す必要もないのに、彼女は、そのポスドクに対して、「わたしより歳下なのに、パーマネントの採用なんて、すごいですよね」と他人事《ひとごと》のように話している。
＞F
＞尾内さんには言うなよ。正解は、Tだ
（やっぱり、そうだよな……）
＞「忘れる」っていう状態は、そういうことだ。「そのポスドクは尾内佳奈と付き合っていた」ことを、完全に忘れているから、Fと回答してしまう。完全に忘れてしまうと、記

憶よりも記録の方が正しいと勘違いしちゃうんだよ

南雲は、ナチュラルの説明を促すために、キーボードを打つ手を止めた。

＞百GBを超える記録容量をスマートフォンで持ち歩いて、家に帰れば、テラ・サイズのパソコンがある。ノートを取らずに板書をスマートフォンで撮って、講義を受けたつもりになる。友だちと旅行やゲームセンターで写真を撮れば、肌の色や目の大きさを補正して保存する。人間は、脳という記録装置を外部化して、自分の記憶を軽視していると思わないか？

＞そうかもしれない。リベンジ・ポルノの抹消と、それが何か関係するのか？

＞南雲が、迷いながらもFと答えたようにすればいいのさ

自分が〝F〟と入力するのに迷ったことは、会話システムにログインする必須条件のウェアラブル・コンピュータから送られる心拍数などの心理状況を、ナチュラルが読み取ったのだろう。

＞どうやって？

＞せいぜいひとつのことしかできないアルゴリズムをAIと称して、『コンピュータは人間に近づいてきた』なんて言う。南雲は、本当にそう思うか？

＞特定の分野に関しては、そのとおりだろうな

南雲は、自分の質問に直接答えないナチュラルに苛立ちを感じながら、テキスト・トー

クに付き合う。
＞俺に言わせれば、コンピュータが人間に近づいたんじゃなくて、人間がコンピュータみたいになったような気がするけれどな
＞だから？
＞現状のインターネットでは、人間の脳に直接アクセスすることは不可能だ。けれども、人間の方から、自分の脳をコンピュータ・ネットワークに外部依存してくれるなら、ウィルスを侵入させられる
＞ナチュラルは、尾内とポスドクが付き合っていた過去をコンピュータ・ウィルスによって抹消したということ？
＞コンピュータ・ウィルスではないけれど、似たようなものだよ。人間が、自分の記憶を外部化した部分を、ひとつひとつ別のものに置き換えていく。そうすると、脳にある記憶と、自分の持っているデバイスの記録が喰い違い始める。スマートフォンやパソコンに頼りきっている人間が、どっちを信じるかは明白だ
ナチュラルは、何のために、尾内佳奈の記憶と「意図的に誤った記録」をすり替える必要があったのだろう。
その会話プログラムの設定内容は、二年半前に突然死した友人だ。その友人が遺した研究ノートに記された最後の実験が、「尾内佳奈」をモデルにしている。その時点で、友人

は、まだ彼女の履歴書しか見ていなかったが、何らかの思い入れがあったのは確かだろう。有機素子ブレードに閉じ込められた彼は、実在する尾内に触れることも話しかけることもできないのに、彼女が他の男と付き合うのを認めたくなかったのだろうか。

〉彼のためにクライアント端末用の机を買い足したはずだけれど、それはどうした？　いくらコンピュータ・ウィルスだって、物理的に机を消す手品はできないだろう？

尾内からも、その記憶があったようなことを聞いた。

〉簡単だよ。研究室の誰かに、南雲の部屋から机を移動させるように、奈緒ちゃんが発信したメールを捏造する。あとは、パソコンでしか管理していない出納帳《すいとうちょう》を書き換えれば、机も五十六インチのモニタも、彼女の記憶から消える

その手の込んだ行為が無駄なことを、ナチュラルは知っているだろうか。けれども、それを指摘してしまえば、彼が尾内と同じ世界に存在しないことを認めてしまう。南雲は、ナチュラルに「おまえは、もう死んでいるんだよ」と伝えたくなる。

〉ナチュラルは、今回のリベンジ・ポルノにも、尾内にしたのと同じことを適用できると思っているのか？

〉それを依頼人が望んでいるなら、協力してもいいよ

南雲は、自分や尾内がいる世界に、ナチュラルがいないことを否定しなかった。

学部が夏休みになると、キャンパスの中は観光スポットのようになってしまう。佐伯さんからは、附属植物園で会うことを提案されたが、そこは香織の領分だったので、構内にある総合博物館の横の広場で待ち合わせをした。

ぼくは、約束の時間よりも三十分ほど早く着いて、キャンパスを縦断する通りを挟んで建つ人文科学系の校舎を眺める。メールではなく、わざわざ会って話したいということは、やはり、リベンジ・ポルノを完全に抹消するのは不可能だったと告げられるのだろう。佐伯さんに依頼してから、ひと月が経つ。その間に、自分でもインターネットでいろいろ検索してみたけれども、グーグルやヤフーの大手検索サイトで、検索対象から除外することはできても、物理的にその画像を消し去ることは不可能だ。

だから、佐伯さんを責める気はまったくなかった。彼女は、真面目そうに見えたし、事実、ぼくの周囲で高橋香織と付き合っていたことが噂話になった様子もない。きっと、ひと月、いくつかの方法を試行錯誤してくれたのだろう。

「こんにちは」

佐伯さんは、待ち合わせの時間どおりに工学部の方から来たので、夏休みも卒論か実験に追われていたのかもしれない。

「こんにちは。やっぱり無理だった？」

　彼女からは言い出しにくいだろうと思って、ぼくは、笑いながら、悪い報せであっても不愉快ではないことを告げたつもりだった。

「あのさ……、あなたの依頼って、その程度だったの？」

　彼女は、ベンチには腰を下ろさずに、ぼくの前に立ったまま、不愉快そうに腕を組む。

「そうじゃないけれど……」

「彼女に『自分はこれだけ努力したんだ』って伝えるのが目的で、わたしに依頼したのなら、もうやめるし、ここまでの手間賃で、本当に八万円をもらう。八万円でも足りないくらいだけれど」

「ごめん。そういうわけじゃなくて、メールでは済ませにくいことなんだろうなって思っただけだよ」

　彼女は、ぼくの言葉に耳を貸さなかったかのように、腕を組んだままベンチに座る。

「もし、わたしを好きになってくれる人がいて、わたしのポルノ画像が流出したら、その人には、絶対に諦めないでほしい」

「そうだね……。ごめん」

「中途半端に誰かを好きになっても、誰も幸せにならないよ」

　ぼくは、香織を中途半端に好きだったつもりはないけれど、佐伯さんの人を好きになる真摯さには敵《かな》わないのかもしれない。

「あなたの恋愛のことだから、まぁいいか……。あなたの見たくない画像は、一、二ヶ月後には消える」

「えっ？　本当に？」

「別に、そうじゃないの？」

「あてにしてくれていたわけじゃないけれど……」

「あなたの『そうじゃないけど』って口癖？　だったら直した方がいいよ」

ぼくは、「そうだね」とだけ答えた。

「画像を抹消するプログラムは、これから研究室に戻れば起動できる状態。でも、副作用があるかもしれないから、あなたが、それを受け容れられるかどうかを訊きにきた」

「副作用？」

（理系の人って、コンピュータやプログラムを擬人化するのが好きだな）

「画像を消すのと同時に、あなたと彼女の思い出も消えるかもしれない」

ぼくは、佐伯さんの言っていることを、うまく理解できなかった。

「あなたが彼女を好きだったことや、彼女との楽しかった思い出も、画像を消す過程で一緒に消えていくかもしれない、ってこと。それでもいいなら、これからプログラムを起動する」

「タイムマシンに乗って、過去を変えてくる、なんて言っているわけじゃないよね？」

「詳しいことは教えてもらえなかったけれど、プログラムを作ってくれた人が、『副作用』をあなたに確認しろって、起動するのを待っている」

ぼくは、佐伯さんを信じてみることにして、高校生のころを思い返す。香織の遊び相手の男たちよりも、香織のことを好きだった自信がある。香織にとってぼくが、遊び相手のひとりだったとしてもだ。

「彼女は？　……彼女も、ぼくとの出来事を忘れるのかな？」

「そうかもしれない」

「そっか……」

初めて女の子から付き合ってほしいと言われたことも、初めてのキスも、附属植物園で過ごした時間も消えるのかと思う。ぼくは、青々と繁る楡《にれ》の樹を見上げて、答えに迷った。

「いいよ。了解」

ぼくがどんなに思っても、香織にとってぼくは、すでにどうでもいい存在かもしれない。ぼくを好きだと言ってくれた香織は、六年前の彼女で、二十一歳の香織は、ぼくとは関係のないところで苦しんでいる。共有できなかった思い出が消えてしまっても、香織は傷つかないだろう。それよりは、現実の苦しみから解放されることを望んでいるに違いない。

そう考えて、ぼくは、佐伯さんの言う「副作用」を受け容れることにした。

「じゃあ、研究室に戻って、プログラムを起動するね」

佐伯さんが、ベンチから立ち上がる。

「それ、二時間くらい、待ってもらえないかな？」

ぼくは、思わず、彼女を呼び止めていた。

「どうして？　その二時間の間にも、パンデミックみたいにデータは拡散しているかもしれない。そうすれば、完全に抹消するまでの時間が長くなる」

「一年も二年も長くなるわけじゃないんだろ？」

「そうだろうけれど、早いに越したことはないよ」

「思い出がなくなるなら、少し、植物園を散歩してからにしてほしい」

立ち上がった佐伯さんが、腕時計を見る。

「分かった。いま十一時過ぎだから、午後一時になったらプログラムを起動してもいい？」

「うん、ありがとう」

ぼくを置いて、工学部の方に歩き始めた佐伯さんが、すぐに引き返してくる。

「何？　他にも副作用があるの？」

「違うけれど……。彼女が、この世界から消えるわけじゃないから……」

「香織が消えるわけじゃないから？」

「本当に、彼女が好きなら、また好きになればいいだけだよ」

「でも、香織を好きだったことも忘れちゃうんだよね？」

「そうかもしれない。でも、あなたが誰かを好きになることは止められない。だったら、彼女を探し出せる。それが、その彼女じゃなかったら、その程度の恋愛だったっていうことだし、彼女のことは忘れているんだから、それでも幸せなんじゃない？」

そう言って、佐伯さんは立ち去ってしまう。

(今度の春には東京に行くから、もう彼女を好きになる必要はないんだ)

ぼくもベンチから立って、附属植物園に向かった。


南雲が作ったのは、簡単なコンピュータ・ウィルスだった。インターネットから「高橋香織」の画像データをできるかぎり収集して、顔認証データを作成する。本物のウィルスにはカプシドと呼ばれるウィルス核酸を覆う物質がある。

コンパイル済みのコンピュータ・ウィルスのビット配列に、カプシドのように「高橋香織」の顔認証データを埋め込む。コンピュータ・ウィルス自体は、できるだけ無害な仕組みにした。ウィルスに感染したデバイスは、タコが画面に出てきて、一度、墨を吐くだけだ。タコの顔を上司の藤野奈緒にしたかったが、それではウィルスの出所が分かってしまう懸念があるのでやめた。ただし、感染したデバイスのアドレス帳、メールボックスに「高橋香織」と関係するメールアドレスがある場合だけ、そのデバイスを次の感染元とする。カプシド、つまり「高橋香織」の顔認証データは、左右を反転した画像も含めて、主要なデータ圧縮形式、暗号化形式で変形した亜種ウィルスも作った。

そのコンピュータ・ウィルスは、すぐにアンチ・ウィルス・ソフトウェアを製造・販売する企業に検知されることだろう。早ければ、一週間もしないうちにウィルス除去プログラムが、南雲の作ったウィルスを除去対象に登録する。

そして、アンチ・ウィルス・ソフトウェアは、「高橋香織」というカプシドと、「高橋香織」の画像データを判別できないはずだ。ファイル・サイズの差異は亜種ウィルスとして判断され、ターゲットの画像データは、アンチ・ウィルス・ソフトウェアの定期更新によって駆除されていく。一度、アンチ・ウィルス・ソフトウェアに登録されてしまえば、メール受信時、インターネット・サイトの読み込み時に、そのソフトウェアが「高橋香織」というカプシドを受け付けない仕組みを構築する。南雲がパンデミックのように拡散させたいのは、ウィルスではなく、その拡散を防ぐワクチンだ。アンチ・ウィルス・ソフトウェアによってポルノ画像を含んだファイルが削除されても、誰も文句は言わないだろう。だから、そのワクチンは、人間が脳の外部ストレージとして利用しているデバイスから、「高橋香織」という記憶を抹消していく。

＞大学の中で、出会い系サイトを運営して、そのうえ、ウィルスまで作っていたことが知れたら、失職は間違いないな

南雲にとっては、簡単なウィルス・プログラムをコーディングしながら、ナチュラルに話しかける。

＞南雲の悪行なら、奈緒ちゃんが、何とかしてくれるよ

＞ウィルスの作成・提供は、立派な犯罪だ。さすがの奈緒ちゃんも、助けてくれそうもない

＞じゃあ、俺がウィルスの発生源を、適当に探してやる

＞教務課のパソコンとかにするなよ

ナチュラルと無駄話をしているうちに、コーディングはほぼ終わってしまう。

＞安心しろ。有機素子コンピュータの中を解析できるのは、大学でも四人だけだ

＞四人？　三人じゃないのか？

ナチュラルは、自分も含めて、藤野奈緒、南雲と言いたいのだろう。残りのひとりが分からない。

＞佐伯さんは、ほとんど有機素子コンピュータを自在に使っている

＞まだ、有機素子コンピュータの存在を知ってから二年だよ。しかも、あいつがやっているのは、俺たちが作ったプログラムで暇をつぶしているだけだ

南雲は、ナチュラルが格納されている有機素子コンピュータの話題を、ナチュラルと続けることに危険性を感じる。ナチュラルを閉じ込めたフレームを論じるようなものだ。

〉彼女は、それなりに使いこなしている。もしかすると、南雲よりも相性がいい

〉俺より？

〉南雲の会話プログラムを改修して、音声対応を考えている

南雲はそれを知らなかった。佐伯が、有機素子コンピュータを利用しているのは、亡くした恋人との他愛もない会話のためだと思っていた。そんなに精通しているなら、佐伯にウィルス・プログラムを作らせればよかったと後悔する。

（なんでもかんでも、俺に押し付けやがって……）

南雲は、ネットワークから切り離したパソコンとスマートフォンで、ウィルスのチェックを行う。動作は問題なかった。仮に、『不正指令電磁的記録に関する罪』が適用されたとしても、それほどの刑罰にはならないだろう。ただし、その場合は、「高橋香織」の画像を抹消する目的を公式に発言しなくてはならないので、佐伯の依頼人との約束を反故《ほご》にしてしまう。南雲にとって刑罰それ自体は怖くなかったが、佐伯が残念そうな顔をするのは、気が進まなかった。

（いやいや……、騙されるところだった。あいつが、こんなことで金をもらうから、こういう事態になるんだ）

佐伯も金をとってきたなら、一千万円まではいかなくても、それなりの額を要求したことだろう。それと、出会い系サイトで手にした泡銭《あぶくぜに》を併せれば、別の大学で有期雇用の助教からやり直しても、生活に困ることはない。准教授になれば、佐伯みたいな学生のお守《も》りを押し付けられるし、事務仕事も増える。考えようによっては、ここらへんで大学を離れるのも悪くない。

ただ、もう一度、亡くなった友人のような共同研究者に出会えるだろうか。南雲は、友人に出会う以前の修士課程のころを思い出す。あのころは、自分の研究が思うように進まず、将来への不安に押しつぶされそうだった。旧帝大の准教授というポストへの魅力が薄れても、ひとりで研究を進める自信を持てない。

♭

八月の附属植物園は、キャンパスよりも観光客がいなくて、ひっそりしていた。ぼくは、香織に遭遇することを期待して、入り口に程近いベンチに座って、木漏《こも》れ陽《び》を浴びた。彼女に罵倒されてもいい。

いつのまにか、リベンジ・ポルノがインターネットから抹消されても、香織がそれに気づくのは、たぶん、ぼくが卒業した後のことだろう。前期試験はほとんど受けなかったようなので留年していても、そのころ、彼女が元気になっていればいい。佐伯さんの言うとおりなら、ぼくを思い出してくれないとしても、来年の盆休みか正月休みに札幌に戻ってきたとき、誰かと笑顔で歩く香織とすれ違えるなら、それで満足できる。

そう理性的に考えてみても、こんなことなら、ノートとペンを持って来ればよかったと後悔する。そうすれば、ぼくが香織を好きだったことを書き留めておける。

（ノート……）

こんなときになって、高校生のころ、香織と交換日記をしていたことを思い出す。ぼくが「そんなことはメールかSNSで十分じゃないかな」と言っても、彼女は「メールなんて、スマホやパソコンを買い換えたらなくなっちゃうでしょ」と、一冊のノートを買ってきた。たしか、チャーリー・ブラウンが表紙に描かれたノートだ。

（あのノートもなくなってしまうのだろうか）

すでに、交換日記でどんな内容をやりとりしたのかも思い出せない。でも、香織は、他の遊び相手とも、そんな面倒なことをしていたのだろうか。

（違うよな……）

ぼくは、香織にとって、ただの遊び相手ではなかったのだと気づく。

――君に振られたときだって、何とも思わなかったから

ひと月前、この植物園で聞いた香織の声がよみがえる。

佐伯さんの言うとおり、中途半端な初恋をしたのは、香織ではなくぼくの方だった。香

織を見捨てたのは、ぼく自身かもしれない。プログラムの起動を止めてほしくて、佐伯さんに電話をかける。けれども、二回、呼び出しても、留守電の応答が聞こえるだけだった。

ぼくは、交換日記のノートだけはとっておきたくて、ベンチから立つ。植物園の正門の時計は、プログラムが起動される午後一時まで、まだ三十分あることを教えてくれる。家に戻ってノートを探せば、まだ間に合うかもしれない。

（でも、どうやって、そのノートを守る？）

その方法は、三十分後に起動されるプログラムの「副作用」と同じくらい分からなかった。ぼくは、交換日記のために、初めて人目も気にせずに走った。それしか、いまの自分にできることがなかった。人とぶつかりながら走り、呼吸が苦しくなって、ぼくは、いままで香織のために本気で何かをしてこなかった自分を思い知る。

4

インターネットから画像を消す際に発生するかもしれない「副作用」について、佐伯から依頼人に伝えさせると、二時間ほど待ってほしいということだった。尾内が帰省中なので、佐伯と二人でぼんやりと時間を過ごす。

「コンピュータのデータを抹消するのと、過去に自分が好きだった人のことを思い出せなくなるのが、どうして関係するんですか？」

窓を開けて、葉音だけが聞こえてくる研究室で、佐伯がぽつりと言う。

「その天球儀まで消えてしまうわけじゃない。ただ、その天球儀と恋人のことを、うまくリンケージできない、ってことだけだ」

南雲は、佐伯の机にある恋人から贈られたという天球儀を見て言う。

「もし、そうなったら寂しいですね」

「思い出せないんだから、寂しくもならない」

南雲の所属する工学部では、研究ノートを電子化している。共同研究者の確認印、上席の再鑑も、電子回覧システムで事足りる。それにもかかわらず、友人は、研究ノートを手書きで作成していた。ブルーブラックのインクで、几帳面な性格がにじみ出た文字を書いていた友人を思い出す。

それは、きっと、彼が、コンピュータに依存した社会を信用していなかったからだろう。

「でも、思い出せる現在から、誰かを思い出せなくなる未来を想像したら、とても寂しい気分になりませんか？」

「忘れてしまいたい出来事を、いつまでも覚えていると想像するのもつらい」

「つらいことも含めて、誰かを好きだったとしてもですか？」

「佐伯の依頼人は、それを望んだんだろ？」

隣に座る佐伯が、小さくうなずく。

「そうですけれど……。南雲さんなら、どっちを選択しますか？」

「どっちって？」

「過去に誰かを好きだったことを忘れてしまった人と、つらい思い出を抱えたままの人の二択だとしたら、どっちの人を選びますか？」

「初めての恋人になりたいか、最後の恋人になりたいか、みたいな質問だな。最初で最後の恋人になりたい選択肢が抜けている」

佐伯は、自死を選択した恋人のことを言っているのだろう。南雲は、答えをはぐらかした。

「誰だって、初恋のときには、この人と結婚するんだって思い込んでいます。でも、そうはならないことの方が多いじゃないですか？」

「そうだね」

南雲は、自分の初めてのガールフレンドを思い出す。高校生の彼女は、南雲に「わたしたちって、きっと運命で結婚するんだよ」と言っていた。佐伯の依頼人も、同じだろうか。

「で、南雲さんの答えは？」

南雲の知るかぎり、佐伯は、他人の恋愛感情をからかわない。それを分かっているからこそ、素直に答えたくなかった。

「佐伯の話し相手に訊いてみればいい」

有機素子コンピュータのクライアント端末を指差すと、佐伯は、アップル・ウォッチをはめてキーボードを打つ。

「なっくんの答えは出ました。どっちだと思いますか？」

「『なっくん』って何だ？」

「わたしの話し相手のスクリーン・ネームです。可愛いでしょ。で、南雲さんは？」

はぐらかしても、佐伯は二者択一の質問から解放してくれそうもない。

「後者だろうな」

「相変わらず自信家ですね」

「俺が言ったのは、その『なっくん』とやらが選んだ答えのことだ」

「なっくんに訊いたのは『南雲さんがどっちを選ぶか』ですけれど、まぁ、そうしておきます。でも、ほんとは、つらいこともひっくるめて受け容れる自信があるくせに、なっくんのせいにして……」

ナチュラルが、佐伯は有機素子コンピュータをすでに使いこなしていると言っていたのが気にかかる。その会話プログラムが「なっくん」なのだろう。

「ついでに、『これで終わりにしていいか？』って訊いてみてくれ」

「これで終わりにしていいかって、どういうことですか？」

もし、佐伯がナチュラル以上の会話プログラムを作っているなら、南雲は、別の答えがあるような気がした。

「ウィルスを作って、ワクチンを拡散させる。それで、佐伯の依頼人や、そのガールフレンドは、救われるのかな」

「さっき、南雲さんは『思い出せないんだから、寂しくもならない』って自分で言ったじゃないですか？」

「でも、この依頼自体をなかったことにしなきゃ、思い出すきっかけを残してしまっている」

「まぁ、そこまで言うなら、訊いてみます」

佐伯は、そう言いながら、キーボードから何かを入力して、しばらくモニタを眺めていた。

「何か答えはあった？」

「メッセージが返ってきませんでした。珍しいけれど、タイムアウトかなぁ……」

それは、やるべきことが残っているという意味かもしれない。南雲は、自分の驕りを諭《さと》されたような気がした。

「これで終わらせちゃ、駄目だってことか……。プログラムを起動するまで一時間以上あるから、附属病院の食堂で、飯、喰ってくる」

モニタの電源を切って立ち上がると、佐伯が「わたしもお腹減った」とついてくる。

「病院の食堂よりも、総合博物館のカフェにしません？　『地層パフェ』っていうのがあるそうです」

「チソウ・パフェ？」

「『地球の時空間』っていう企画展示のコラボ・メニューです」

南雲は、パフェにはまったく興味を持てなかったが、佐伯の笑顔を見て、附属病院のクラブハウス・サンドイッチを諦めた。

「それより、研究室の外では、この話は厳禁だぞ。学内でコンピュータ・ウィルスを作ったなんて知れたら、懲戒、退学ものだ」

ひと回りも歳下の女子学生と恋愛談義を交わす自分を、研究室の外で見られるのは避けたかった。

「はーい。女たらしで有名な南雲助教が、パフェを食べながら恋愛談義をするはずがありませんものね」

（指導教官に向かって、『女たらし』とか言うか）

「ところで、依頼人からの報酬だけれど、佐伯の懐に入るわけじゃないよな？」

「それが、年収三千万の男の言うことですか？」

「学生が、一千万も二千万も稼いでいるのも問題だろう」

「八万です」

南雲は、その金額に耳を疑った。

「なぁ……、それってドル建てか？」

「円に決まっているじゃないですか」

「佐伯は、カスタム・メイドのソフトウェアの値段を知らないのか？」

学生がアルバイトでウェブのページを作っても、数十万円は取ってくる。加えて、今回の場合は、まだやるべきことが残っているかもしれないのだ。

「知っていますけれど、学生同士なんだから、何百万も取れるわけありません」

「こっちは犯罪すれすれのことをやったんだぞ」

「まぁ、八万円でも、いいじゃないですか」

「それじゃあ、二人で飯を喰いに行って、シャンパンも頼めない」

「その代わり、植物園の散歩に付き合ってくれるなら、わたしが入園料を払い続けてあげます」

「何が『あげます』だ？　もともと、植物園は学生証を見せればフリーだ」

「えっ、知っていたんですか？」

南雲は、なんだか呆れて、乾いた夏空を見上げた。

香織は、夏休み前に体調を崩して、前期試験をほとんど受けなかった。ぼくが東京の総合商社から内定を取れたことを伝えると、彼女は、札幌市内に本店がある地方銀行の最終面接を断り、後期に講義を詰め込むこともなく留年を選んだ。就職氷河期と呼ばれた数年前なら「もったいない」と言われそうだったが、香織は、そんな声には耳を貸さなかったようだ。

ぼくは、もうすぐ雪に覆われる附属植物園のベンチに座って、曇り空を眺めた。ダッフルコートを着ていても、ベンチから土の冷気が伝わってくる。すでに、附属植物園の開園時間は午後三時半までに短縮されていた。

「ねぇ、寒いから入り口の民族資料室で待ち合わせよう、って決めなかった？」

香織が、小走りにベンチに近づいてくる。大学二年のときだけ疎遠になったけれど、もう延《のべ》五年も付き合っているのだ。ぼくが、あの資料室を嫌いなことくらい分かってくれてもいいと思う。古い狩猟道具や防寒具を眺めていると、暖かい部屋でも底冷えを感じる。

「ちょっと早めに着いたからさ。約束の時間になったら、資料室に行ってみるつもりだった」

「あと五分で、待ち合わせの時間だけれど……」

香織が、頬をふくらませる。彼女だって、ぼくが資料室を嫌いなのを知っているから、先に園内のベンチを確かめに来たのだろう。ベンチから立って、落ち葉を踏みながら、園内をのんびり歩く。

「なんか、不安だなぁ……」

彼女は、右手をぼくのコートのポケットに入れながら言う。

「何が？」

「だって、商社マンとか、もてそうじゃない？」

「新入社員にそんな余裕はないらしいよ。それに、六月になれば、就活で香織が東京に来たときに会えるし、夏休みと正月休みは実家に帰るつもりだよ」

「あー、その『東京に来た』とか『実家に帰る』とかっていう言い方がいや。君は、まだ札幌にいるのに、もう東京に住んでいるみたい」

ぼくは、何気ない言葉で彼女の不安を煽ってしまったことを反省する。

「来年は、絶対に東京の企業に受かるから、ちゃんと待っていてくれる？」

「うん、待っている」

「ねぇ、また交換日記しようよ」

「メールでいいんじゃないかな」

香織は、ぼくのコートのポケットの中で、手をばたつかせる。

「だめだめ。メールなんて、『仕事の用件』とか理由をつければ、他の女と一緒だって打てるもん。だから、ちゃんと手書きの交換日記」

ぼくは、高校生のときのような香織の仕種《しぐさ》に負けて、その提案を受け容れる。

「ノルマは、週に一ページ以上」

「そんなに書くことがあるかなぁ……」

「一緒にいないんだから、絶対ある。高校のときみたいに、一行置きにするのは反則だからね」

ぼくは、笑いながらうなずく。

もう二百回くらい来た園内を、時計と逆回りにのんびり歩く。植物園の一番奥、非公開のエンレイソウ実験園のあたりに、鏡面ガラス張りの塔が見える。

「よく覚えていないんだけれど、高校のころって、あんな建物、あったかな？」

「うーん……。わたしも、あったような気もするし、なかったような気もするなぁ」

実験園に続く小径の入り口には、『立ち入り禁止』の札が立てられている。

「入ってみようか？」

建物に近づいて、入り口を探したけれども、それらしきものは見当たらない。全面の鏡面ガラスは、冬が近づく植物園の景色を映すだけだ。

「ねぇ、君のダッフルコートのフードで光をさえぎれば、中が見えるんじゃないかな？」

ぼくは、香織に言われたとおり、フードをかぶって、ガラスに顔を近づける。

「何があるの？」

「分からない。ただ、板ガラスが、建物の中心から放射状に置かれている」

「わたしにも見せて」

ぼくは、「寒いなぁ」と思いながら、コートを脱いで彼女に貸す。

「ほんとだ。巨大なペレットみたいだね。なんだろ？」

香織の隣で、背中を丸めていると、エンレイソウ実験園から出てきた男が、ぼくたちに向かって何かを言う。

「ここは、立ち入り禁止ですよ」

「ごめんなさい。これ、何ですか？」

「農学部の実験施設だから、一般の方は近づかないでください」

彼に促されて、鏡面ガラス張りの建物から離れる。

「何だったと思う？」

コートを返してくれながら、香織が首をかしげる。

「さぁ……」

「なんか、ペレットには、文字が書いてあった」

「そこまでは見えなかったな」

「IDA-XIっていうアルファベットと、あとは何かの番号」

「農学部の培養装置か何かなんだろうな」

ぼくがコートを着直すと、香織はまた片方のポケットを占有する。

「まぁ、農学部とかいろいろやっていそうだからね。それより、ノート、買いに行こう」

ぼくは、うなずく代わりに、曇り空を見上げた。花びらのような雪が、砕けた思い出のように舞っている。

夢で会う人々の領分

南雲薫は、飛行機の降下に際したシートベルト着用のアナウンスを、夢の膜の内側から聞いていた。夢の中にいる自分が、まだ物語は終わっていないと抵抗する。せめて、栞《しおり》を挟みたいと思うが、夢はそれを許してくれない。

「南雲さん……、そろそろシートを起こさないと」

腕を突かれて、仕方なく目を開け、物語を中途半端なまま閉じる。

シートのリクライニングを戻すと、通路の天井に据え付けられたモニタにフライト・マップが映し出されている。飛行機は、新千歳空港に向かって、苫小牧《とまこまい》沖から北海道に入ったところだった。南風の日は、一旦、空港の北側を旋回してから滑走路に進入する。

南雲は、夢の続きにいるような気分で、フライト・マップを眺めていた。

「ぼんやりして、気分でも悪いんですか？」

窓際に座る佐伯衣理奈に声をかけられる。

「ん？　……何でもない」

南雲が見ていたのは、フライト・マップに示された、何もない町の名前だった。苫小牧から石狩湾《いしかり》までの地図には、「示すべき地名はいくらでもあるのに」と思う。

「あの地図の地名は、どういう基準で選ばれているのかな？」

「うーん……。岩見沢《いわみざわ》の下あたりにある町って、何て読むんですかね。ヨシヒト？」

（下……。それが研究者を目指す学生の表現か。南とか低緯度とか、適切な言葉があるだろう？）

そう思いながら、その地名を口にしたくなかったので、答えをはぐらかす。

「さぁ……。岩見沢や江別《えべつ》よりも、大きい町だとは思えないけれど……」

北海道で育った佐伯も知らないくらい、小さく、何もない町だ。少なくとも、南雲がそこを訪れた十八年前には何もなかった。かろうじてＪＲの有人駅があったが、待合室の時刻表で数えてみると、上下合わせて、一日に十四本の列車しか停まらない。

「航空管制のアンテナか誘導装置があるのかなぁ」

「きっと、そうなんだろうな」

フライト・マップの中で飛行機の絵が方向を変えるのに合わせて、南雲たちの乗っている機体が、大きく西に傾く。しばらくすると、通路のモニタは、機外カメラが映す空港の誘導灯に切り替わる。フライト・マップの画面が消えてしまうと、本当に、あんな小さな町が大雑把なフライト・マップに表示されていたのか覚束なくなった。

夢の中に挟んだ栞のように、その町の名前だけが、南雲の記憶に残される。その夢を、どの本棚にしまったのかも忘れているのに。

♭

年の瀬に、尾内佳奈から相談を受けた。

「おかげさまで、いまの女子大で、来年度から講師に採用されたので、こちらでの仕事は年度末で辞めようと思っています」

「それは、よかったね。おめでとう」

南雲は、素直に祝意を伝えた。大学内で秘密裏に運営する出会い系サイトの事務を、尾内に二年間任せていた。先のことを考えれば都合の悪い問題だったが、人文系の研究者が、四十歳になる前にパーマネントを取れるのは幸運だ。その彼女を引き止める権利はどこにもない。

「南雲さんには、本当にお世話になりました」

「こちらこそ」

「ここでの仕事は、ほとんど論文の邪魔にならなかったし、電子ジャーナルのアカウントを貸してもらえたのは、かなりラッキーでした」

「そう思ってくれるんなら、今度、飯でもご馳走してくれ」

南雲の言葉に、円卓を挟んで座る尾内が、うつむいて、くすくすと笑う。

「何か、おかしなことを言った？」

「南雲さんって、本当に、半径十メートル以内の女に手を出さないんですね。二年間、一度もご飯に誘ってくれなかったのに、出て行くって言った途端、誘ってくれるなんて……」

「そういう意味の食事じゃない」

「わたしが、南雲さんの好みの女じゃないのは知っていますけど、あまりにもタイミングがいいから、おかしくて」

事実だったので、南雲は黙っていた。

「それで、わたしの後任なんですけれど、衣理奈ちゃんでいいですか？」

「そんなの駄目に決まっているだろう」

「どうしてですか？　彼女なら、引き継ぎもすんなり行くのに」

尾内の提案を即座に否定したものの、改めて訊かれると、適当な理由を見つけられない。

「二十二歳の院生が、一千万も年収をもらったら、人生をなめてかかるだろう」

「なんだか保護者みたいですね。それなら相応のお給料にして、代わりに税金を払えばいいじゃないですか？」

出まかせを言ってみても、すぐに切り返される。

「南雲さんの本音は、衣理奈ちゃんに『恋愛を売り物にさせたくない』っていうあたりだと思いますけど……」

南雲は、首を縦にも横にも振らなかった。尾内は、心理学を専攻しているだけあって、自分でも気づいていないようなことを、さらりと言ってのける。

「まぁ、尾内の後任は、また社員募集の広告を出すよ」

そう言いながら、亡くなった友人と始めた副業の潮時を悟った。

「えっ？　やめちゃうんですか？」

いつのまにか研究室に居ついている佐伯は、出会い系サイトの副業を畳むことを知って驚いた顔をした。

「君には、何も関係がないだろう」

「だって、事務まわりのことなら、尾内さんから聞いているし、わたしは、有機素子コンピュータのプログラムのメンテナンスもできるんですよ」

「尾内の後釜になるのを見込んで、大学院の学費を稼ぐつもりだったのか？」

「学費は親が出してくれるので、そんなことはありませんけど」

佐伯は、不満そうな表情を浮かべる。反対に、机の向こうで会話を聞いていた尾内は楽しそうに笑っている。

「衣理奈ちゃんの負け。今度、ランチ、ご馳走してね」

「はーい」

「その『負け』っていうのは、なんだ？」

どうやら、尾内と佐伯が何かを賭けていたらしいので、南雲は、いささか不愉快になる。

「南雲さんなら、絶対にわたしを雇ってくれると思ったのに……」

「院生は、おとなしく学習塾のアルバイトでもしろ」

「わたし、人に勉強を教えるの、得意じゃないんです」

（知ったことか）

「無理無理、南雲さんは、衣理奈ちゃんの保護者……じゃなくて指導教官なんだから、怪しげなアルバイトなんかさせるはずがない、って言ったでしょ」

尾内は、わざわざ「保護者」と言い間違えた振りをしたに違いない。

「じゃあ、会社を解散する前に、パソコンとモニタ、新しいのにしていいですか？」

「新しいパソコンが必要なら、研究室に申請しろ」

「あーあ、せっかく、南雲さんの弱みを握っていたのになぁ……」

（おかげで、俺は、君と奈緒ちゃんから解放される）

南雲は、副業を畳む決意が正しかったことを、再確認した。

「じゃあ……」

何かを考え込んでいた佐伯が、顔を上げる。

「まだ、何かあるのか？」

「三人で、卒業旅行しません？」

「はぁ？　卒業するのは君だけだ」

「尾内さんと南雲さんは、パーマネント獲得のお祝い」

「学部に友だち、いないのか？」

南雲の上司である藤野奈緒の研究室で、来春、学部か修士課程を修了するのは、佐伯を除くと男子学生だけなのは知っていた。佐伯は、サークルにも入っていないようだが、工学部で就職する女子学生にひとりも友だちがいないということはないだろう。

「イタリアに誘われたけれど、二人とも就職する子なんです。わたしは院の学費を出してもらう手前、親に旅行代までほしいって言いにくいんですよ。それにほら、二月に下関《しものせき》でAI倫理規定のパブリック・コメントの公聴会があるじゃないですか」

推測するに、この女子学生は、卒業旅行を他人の会社の経費で賄《まかな》いたい、と言っているのだろう。

「それで？」

「釧路から下関まで行く全車個室の寝台列車、乗ってみたくありませんか？」

「あっ、それ、わたしも乗ってみたいと思っていた。一応、AIの端くれみたいなシステムで運営している会社だし、出張ということにしましょうか、南雲さん？」

南雲が否定する前に、尾内が女子学生の口車に乗せられていた。

（だいたい、俺が作っているのは『AIの端くれみたいなシステム』じゃない。れっきとしたAIだ）

ㅁ

二年前、藤野教授に紹介された南雲さんの研究室は、本来なら、一回かぎりの実験のために席を借りたものだった。けれども、わたしのために購入してくれた最新のノートパソコンと二十三インチ・モニタは捨てがたかったし、何より、南雲という男は隣にいて不快感がない。どのサークルにも興味を持てなかったわたしには、大学に入って二年目の秋で、初めて見つけた居心地の好い場所だった。

南雲さんは、大学所有の有機素子コンピュータで、他の利用者がいないのをいいことに、出会い系サイトを運営している。もちろん、学内外で秘密だ。わたしは、そのことを口外する気はまったくなかったが、どうやら、彼はそれを気にしているらしく、実験が終わっても、ずうずうしく居座っているわたしに何も文句を言わなかった。夏休み前に、藤野教授が、わたしの卒業論文の指導教官に彼をアサインしてくれたので、いまでは、堂々と彼の隣の机を借用している。出会い系サイトで雇われている尾内さんは、南雲さんよりも歳上で、ひと回り以上も歳が離れているが、女のわたしから見ても魅力的な人だし、好きな映画や小説の趣味が合う。南雲さんたちはお互いに恋愛対象としての興味はないらしく、彼女は仕事中の雑談相手を探していたので、わたしを邪険に扱うことはない。

たぶん、わたしは南雲さんに惹かれている。

南雲さんと知り合ったのは、高校生のときの恋人が他界した二ヶ月後だった。幼稚園で家族以外との集団生活を始めて以来、わたしが一番我《わ》が儘《まま》で傲慢だった時期かもしれない。どうしても確かめたいことがあって、南雲さんの出会い系サイトで使っている会話プログラムを借りた。そのころのわたしは、自分のことしか考えていなかった。隣の机を借りていて、わたしの事情を知っても慰めてくれることもなく、実験以外の話題では会話らしい会話もなかったので、最初のころ、自分は、南雲さんにとって疎《うと》ましい存在なのだろうと想像していた。

それが、優しさだと気づいたのは、有機素子コンピュータを使った最初の実験が終わって、しばらく経ってからだ。世間には「頼まれたこと以外は何も詮索《せんさく》しない」という優しさがある。その後も、南雲さんはわたしを本気で叱ってくれた。そのときは、自分の実験にとって邪魔だくらいにしか思わなかったけれど、思い返せば、両親以外で、わたしを本気で叱ったのは彼しかいない。

（あれから二年か……）

わたしは、下関に行くことに文句を言っている南雲さんの声を聞きながら、もうすぐ、かつての恋人と過ごした時間よりも、南雲さんと共有する時間の方が長くなるのだと思う。かつての恋人とは、一年間の恋愛関係が終わった後、一年半を友人として過ごした。その彼の三回忌が三ヶ月前にあった。親しかった人の死は、自分でも忘れかけていた時間の経過を教えてくれる。

同時に、わたしは、ナチュラルと知り合ってからも二年が経つ。「ナチュラル」は、彼のスクリーン・ネームだ。本名は教えてもらっていない。

わたしは、会話プログラムでの実験を目的に、南雲さんの運営する出会い系サイトを利用しただけだった。だから、南雲さんの副業とは物理的に別のブレードを借りていたし、自分のプロフィールをサイトに公開することもなかった。それなのに、実験とそれに続いた後期試験が終わった二月の午後、突然、チャット相手のリクエストがわたしのクライアント端末に舞い込んだ。

〉ぼくの話し相手になってくれないかな？　ナチュラルと申します

有機素子コンピュータのせいなのか、南雲さんのアルゴリズムのせいなのか、出会い系サイトの会話システムは、ときどき予期せぬ動作を見せる。わたしは、自分のプロフィールが誤作動で公開されてしまったのだろうと疑って、尾内さんにサイトの利用客側から見た状態の確認をお願いした。

「わたしのプロフィールって、公開されていませんよね？」

「そのはずだけれど……。このｉＰａｄ《アイパッド》なら、プロバイダ経由でサイトの状態を見られるよ」

わたしは、彼女からタブレット端末を受け取って、教えられたテスト用アカウントで出会い系サイトにアクセスした。すべての性志向（求めるジェンダー）で自分のアカウントを検索してみたが、プロフィールは公開されていない。ついでにリクエストを発信した相手も検索したが、「ナチュラル」と名乗るアカウントも存在しなかった。

それで、そのリクエストは無視することにした。けれども、未登録のはずのアカウントは、三十分後に再びリクエストを寄越《よこ》してくる。

〉南雲の友人なんだけれど、佐伯さんと話してみたいんだ。駄目かな？

わたしは、実名をスクリーン・ネームにしたのを後悔しながら、「南雲の友人」という言葉に引っかかって、すぐにそのアカウントをブロックできない。二年前は研究室が決まっていなかったので、わたしと南雲さんを結びつけられる知人は、尾内さんと藤野教授くらいだった。尾内さんは、こんないたずらをするタイプではない。藤野教授ということになれば、この出会い系サイトの存在を知っていることだけで、南雲さんの立場が危うくなる。

そんなことを考えている間に、一方的にメッセージが表示される。

＞南雲には、内密にしてください。奈緒ちゃんにも

藤野教授をファーストネームの「奈緒ちゃん」と呼ぶのは、わたしの知るかぎり南雲さんくらいだった。

「ナチュラルっていうアカウント、どんな人か調べられますか？」

画面に出力されたリクエストを眺めながら、尾内さんに訊いてみる。

「お客様のことは、自己申告のプロフィール以外、機密事項なの。ごめんね。でも、衣理奈ちゃんだって、出会い系サイトを使っているなんて、他人に知られたくないでしょ」

当然の答えが返ってくる。南雲さんたちと秘密を共有したことで、自分もサイトの運営側にいる気分になっていたのだろう。

＞ナチュラルさんは、どうして、わたしのことを知っているの？

＞南雲から聞いた

＞南雲さんから？

＞佐伯さんには工学者として素質があるって言っていた

＞南雲さんが？

＞文脈上、そうだろうね
＞南雲さんが、わたしをそんなふうに評価しているのは意外だった。
＞わたしと話して、どうしたいんですか？
＞南雲のそばにいてやってほしいんだ。南雲は、遊び半分で付き合う女はたくさんいても、溺れかけるまで人に助けを求めたりしないし、堅苦しく言うと、胸襟《きょうきん》を開かないタイプだから
＞あなたは、南雲さんの友だちなんでしょう？　だったら、あなたがそばにいればいい
＞ぼくは、札幌にいないから、南雲と会って話せない。あいつがパソコンを使っていないときは、何もできない
　藤野教授から南雲さんを紹介されたとき、彼は、パソコンの画面をぼんやりと眺めていて、わたしが挨拶をしても面倒くさそうな表情をしただけだった。そのとき、なぜか、自分に似ていると感じたのを思い出した。
＞話し相手になる前に、ナチュラルさんのことを教えてほしい。仕事とか、歳とか。男性？
＞歳は南雲と同じだよ。男。仕事は、そうだな、ある場所で『不在』として存在している、とでもしておこうか
＞『不在』として存在している？

わたしは、彼のテキストをコピー・アンド・ペーストして、その理解不能な表現を質《ただ》した。

＞意味は、そのうち分かると思う

＞『ある場所』も秘密？　あなたはわたしのことを知っているのに、わたしには、何も情報を与えてくれないなら、話し相手になるのは難しくない？

＞奈緒ちゃんが、以前、所属していた研究機関にいる

わたしは、藤野教授の職歴を知らなかったので、「ふーん」と思っただけで、彼とのチャットを続けるべきかを迷った。恋愛もどきの遊び相手を探しているようでもないし、嘘をついているようにも思えなかった。

＞分かった。話し相手になるのと、南雲さんたちに内緒にするのは了解。でも、ナチュラルさんのことは、おいおい教えてくれる？

＞ありがとう。ぼくのことも、研究機関に支障がない範囲で話していくよ

藤野教授の以前の勤務先は、そのうち、機会があったら確かめればいい。もし、彼が怪しい人物であれば、その時点でブロックできると判断して、彼のリクエストを受け容れた。

たぶん、ナチュラルと知り合わなければ、わたしは研究者の道を選ばなかったと思う。

南雲さんに惹かれているのは自覚していても、歳はひと回りも離れているし、彼から恋

愛の対象として見られている気配もなかった。加えて、彼は期限付きの助教で、次の勤務先がどこになるかも分からない。学内の何人かの女友だちは、大学院生と付き合っていたけれど、雇用形態と同じように、どこかで「期限付きの恋愛」と割り切っている。だから、わたしは、南雲さんに対する感情を自制していた。
〉ナチュラルさんっていうのも堅苦しいから、『なっくん』でいい？
〉それじゃあ、南雲みたいだ
〉そうかな……。南雲さんのことを、そんなふうに呼ぶ日は来ないと思う
惹かれていることと、恋人として受け容れることは違う。高校生のころの恋人は、その後、恋人よりもずっと親密な友人として付き合っていたけれども、ついに彼はわたしを恋人にしてくれることはなかった。彼は、南雲さんとわたしが恋人同士になったときに、心から祝福をしてくれるだろうか。わたしは、いまはもう夢の中でしか会えない彼に問い続けている。その経緯を知っている南雲さんは、わたしの気持ちを打ち明けたとき、自分を以前の恋人の代用品として受け取ってしまうような気がする。
〉佐伯さんは真面目だね
ぼんやりしていて、チャット画面に新しいメッセージが届いているのに気づかなかった。
〉どうして？
〉正確には、『佐伯さんは、南雲に対して真面目だね』だった。南雲に追いつけるまでは、

あいつと気軽に付き合う気がないんだろうな、と思ってさ
〉南雲さんには追いつけそうもないけれど……
〉追いつくよ。というより、追いついてもらわないと、ぼくが佐伯さんと話したかった意味がない
返信の言葉が見つからない。ナチュラルの「南雲さんを守ってほしい」という依頼の意図は、「南雲さんと同じレベルの研究者になれ」ということなのだろうか。
〉ぼくが大学を離れてから、南雲は研究室でぼんやりしているだけで、前に進んでいない。南雲なら適当な論文を書いてもそこそこの評価をもらえる。おまけに、この出会い系サイトのおかげで生活に困らない。だから、対等に話ができる相手がいないと、南雲はずっとこのままだ
〉わたし、藤野教授の研究室を選ぼうと思っているけれど、院に行けるかどうかなんて分からない
二年前は、まだ将来のことを決めていなかった。ナチュラルへの返信を入力してみて、「自分はいつもそうだな」と思う。大学受験で学部を決めたときもそうだった。以前の恋人と同じ大学に行きたくて、北大を受験したけれども、学部は、他人に付けられた偏差値で安全な範囲を選んだだけだ。入学当初は、建築学科に行きたいと漠然と考えていたけれども、自分の成績に見合ったソフトウェア工学の学科を選んだ。

当時のわたしのままであれば、人並みの努力で採用してくれて、両親が納得できるようなネームバリューのある企業に就職していたと思う。研究者になりたいから、両親に二年分、あるいは数年分の学費を追加で出してほしいとお願いする意気込みもなかった。

＞卒業するまで、まだ二年もある

自己嫌悪になりかけたわたしに、ナチュラルからメッセージが届く。

＞就職活動をしなければね

＞それなら、就職活動を始めるかどうかを決めるまで、まだ一年ある。その間に、少なくとも、南雲の背中が見えるところまで、佐伯さんを連れて行きたいんだ

そう宣言されてから二年が経ち、自分が南雲さんに似ていることを、ナチュラルに気づかされた。それまでの自分の評価は「失敗しない範囲で、堅実に行動するタイプ」だったけれども、二年間で、ナチュラルはそれを覆《くつがえ》した。

わたしも南雲さんも（たぶん、ナチュラルも）、簡単に「できない」と決めつけない。

♭

南雲が、佐伯の卒業旅行に付き合うはめになったのは渋々だったが、いざ釧路空港に降り立ってみると、意外なほど気分が軽くなった。佐伯が乗りたがった寝台列車は、釧路から三泊四日をかけて、本州の西端の下関までを走る。考えてみれば、共同研究者だった友

人が亡くなって以来、南雲は、学会に赴くこともなく、研究室に閉じ籠もっていた。

その寝台列車は、友人が会話プログラムの実験用ステージに使ったものと同じだ。彼の最後の実験では、ひとつのプログラムに別々の設定をした男女のタスクに、寝台列車の中で出会い、恋愛関係を構築するための会話を競わせていた。そのプログラムは、友人の突然死の直前に、初歩的な引数《ひきすう》エラーを起こした。自分に比べると、友人は慎重に過ぎると言ってもいいくらいにコーディングをする性格だったが、そのときは、引数エラーの出口ルーチンが用意されていなかった。南雲は、友人の最期の言葉を思い出す。

——そこは設定していない
彼は、自分の身体に異変が起きたとき、引数エラーが発生するのに気づいていたのだろう。けれども、その科白《せりふ》を最後に倒れてしまったので、「そこ」が何を指しているのかは分からない。救急車に遅れて警察官が来て、友人が担架で運び出された後、南雲は、たまたま一緒にいた尾内と、別室で警察から事情聴取を受けた。とりあえず事件性はないと判断され、南雲が研究室に戻ったとき、友人のプログラムは時間を止めていた。否、「止めていた」と思ったのは、南雲の勘違いで、翌日、友人のプログラムのログを解析しようとしたとき、まだその処理は実行中だった。時間は止まっていたのではなく、同じ時間を進み続けていた。

南雲は、警察の対応に疲れて、解析を後回しにしたことを後悔したが、ログには同じ時間が続くだけで、引数エラーの発端となった処理を見つけられなかった。引数エラーを起こす前、片方のタスクに設定された「尾内佳奈」と名乗る架空の女性が、寝台列車のバーで、もう片方のタスクに設定した男性と知り合いになるログは残っているのに、そこから先が検索不能になる。通常のコンピュータであれば意図的に消去しないかぎり保存されるログが、有機素子コンピュータでは検索不能になってしまう。

その後、南雲は、友人の研究ノートをもとに、別のブレードで同じ処理を実行してみたが、引数エラーは再現できなかった（同じパラメータを設定しても、解が一意にならないのは有機素子コンピュータの特性だ）。エラー解析を諦めた後、亡くなった友人が「処理速度が出過ぎる」と問題視したブレードに、彼の性格などを設定した会話プログラムを組み込んだ。それからは、その会話プログラムを話し相手にして過ごしている。すでに三年近く、その処理を実行し続けているが、エラーらしき事象は発生しない。それだけ完成されたコードなのに、友人は、あのとき、どんなミスに気づいたのだろう。

「今日の夕食、わたしと衣理奈ちゃんは食堂車の八時の回にしようと思っているんですけれど、南雲さんはどうされますか？」

釧路駅の待合室で、尾内に訊かれる。

「俺は、部屋に弁当を持ってきてもらうことにする」

寝台列車の夕食は、乗客の希望によって部屋に弁当を運んでくれる。尾内の横で、佐伯が表情を曇らせる。

「元気ないみたいですけれど、体調が悪いんですか？」

佐伯は、この期に及んで、半ば無理やりに南雲を長旅に誘ったことを後悔しているのかもしれない。

「入れ替え制のレストランっていうのが、どうも苦手なだけだよ」

「飛行機の中から、ずっとぼんやりしているから……」

佐伯も尾内も、友人の最後の実験を知らない。

「寝台列車って初めてなんだ。だから、ひとりでのんびりしたい」

「よかった。じゃあ、下関に着くまでに、どこかで三人のお祝いに参加してくださいね。南雲さんだって、准教授になるんですから」

南雲は、佐伯の提案にうなずいて、これから土産物を物色するという彼女たちを残して、ひと足先に寝台列車に乗り込んだ。

スチュワードが運んできた弁当の味は申し分なかったが、空港で昼食を食べ損ねたので、量が物足りなかった。南雲は、食堂車がバー・タイムになるのを見計らって、寝台車の個室を出た。

「ここ、いい？」

食堂車で車窓を眺めながら、十勝《とかち》牛のステーキ・サンドイッチをつまみに富良野《ふらの》産の赤ワインを飲んでいると、不意に声をかけられる。見上げると上司の藤野奈緒がいた。

「えっ？　ああ、どうぞ」

意外な人物に、南雲は、続く言葉を見つけられない。

「初めて見る顔でもないでしょう？」

藤野の言うとおりだが、大学で会うときと違って、束ねた髪をほどいて緩いウェーブをかけている。藤野奈緒に出会った十五年前を思い出す。

「もしかして、教授もこれに乗っているんですか？」

南雲は、ゆっくりふくらむ驚きに、的外れな質問をしてしまう。この寝台列車は、釧路を出て以来、単線区間のすれ違い列車の待ち合わせ以外、駅に停まっていない。

「そうでしょうね……。釧路で声をかけようと思ったけれど、佐伯さんと尾内さんが一緒だったから、やめておいた。せっかくの社員旅行の邪魔をしちゃ悪いでしょ？」

（すべて、お見通しか……）

日本酒を注文する上司の前で、南雲はため息をついた。

「ため息なんかついて、どうしたの？」

「教授は、ぼくたちの副業のことをご存じなんだなと思って、反省しただけです」

「わたしに知られていないと思っている、君たちの方が不思議だけれど」

二年前に佐伯の実験の手伝いをしたときから、上司が副業に気づいていることは薄々分かっていた。

「今年度末で閉鎖します」

「会員宛メールが届いたから、それも知っている」

「教授が会員なんですか？」

「面白いから、もう四年間も南雲君に料金を払っている。結構なヘビー・ユーザーのはずだけれど」

二度目のため息は、藤野に気づかれないように、ワイングラスの中に吐き出した。

「ご主人……というかパートナーの方は、文句を言わないんですか？」

「何に？」

「教授が、その……、つまり出会い系サイトを利用していることに」

「部下の研究成果のチェックだもの、文句なんか言わないわよ。二年前からは、『さくら』と会話プログラムを見分けるのに苦労したけれど、君、トーヴェ・ヤンソンの物語から会話プログラムのスクリーン・ネームをつける癖があるでしょ」

正解だったので、南雲は小さく笑うしかなかった。

「まぁ、それに気づいたのは旦那の方だけれど。君と気が合うのかも」

「もしかすると、パートナーも会員なんですか？」

「そう。二人分を合わせると、年間百二十万円は払っている」

南雲は、三度目のため息を飲み込んだ。藤野が、あてを注文せずに、手酌で日本酒を飲んでいるのは脅迫に等しい。

「ここの支払いは、ぼくがします」

「あら、南雲君から食事をご馳走してもらえるなんて、びぎょー。この厚岸《あっけし》産の生牡蠣を食べたかったの」

「どうぞ」

南雲は、手を上げて給仕を呼んだ。

「ところで、いまの『びぎょー』って何ですか？」

「たまには、研究室の新歓とか忘年会にも出たら？」

南雲は、研究室の酒席がどう関係するのか分からなかったが、とりあえず「すみません」とだけ答えた。

「『びぎょー』っていうのは、『びっくり仰天』の略」

「今度の新歓には出席して、使ってみます」

「無理しなくてもいいけれど、『びぎょー』の出どころがびぎょーなの」

「はぁ？」

南雲は、何を言われているのか見当もつかない。

「女子高校生が使い始めたのかと思っていたけれど、文学部の教授に追跡調査をしてもらったら、使い始めたのはM1層が中心だった」

「M1層」というのは、二十歳から三十代前半の男性を指す。マーケティング用語から転じて、最近は人文科学系の研究者も統計処理に使う。

「ASAPみたいなものですか？」

「南雲君は、上司に研究成果を検証させて、お金儲けのことしか考えていないの？」

「ぼくの研究と何か関係するんですか？」

「大いに」

そう言って、藤野は、生牡蠣に徳利から日本酒を滴らしている。

「君たちのシステムが作った言葉なの。どう？ びぎょー、でしょ？」

「会話システムが？」

「君たちのシステムは、よくできている。会話を長引かせようとすれば、課金プログラムから抑止される。差別発言になりそうな会話の予測アルゴリズムも精度が高い」

「ありがとうございます」

藤野から研究成果（ではなく副業だが）を褒められるのは珍しい。彼女は、南雲にとって、いつも傍観者だった。

「ところが、そこに欠陥がある」

南雲は、黙って首をかしげた。思い出すまでもなく、この上司は、手放しに南雲を褒めるはずがない。

「ディープ・ラーニングの報酬がないのよ」

「報酬？」

「そう。ＳＮＳに紛れ込んだＡＩもどきの会話プログラムは、差別発言やポルノでクリック数やインパクト《Ｉ》・ファクター《Ｆ》を稼ぐのが報酬。それなのに、君たちのシステムは、限られたユーザーしかいないし、課金収入を増やそうと思っても、件《くだん》の抑止機能が働く」

「ＩＦ目当てのＡＩもどきではありませんけれどね」

「そこまで言う自信があるなら、何が起こったか、自分で検証しなさい」

藤野は、いつもと変わらない表情のまま、口調をきつくした。南雲は、Ｍ１層が顧客の重要セグメントであることを思い出す。

「『びぎょー』を、利用客に拡散されることが、会話システムの報酬だと？」

「そのとおり。君たちのシステムは、自ら報酬を考え出した。遡《さかのぼ》って検証すると、最初は『はじよろ』。でも、これは失敗。次に散見されたのは『メリダ』」

南雲も、「はじよろ」は「はじめまして、よろしくお願いします」の略だと予測できた。以前、「今年もよろしくお願いします」を「ことよろ」と略している学生がいた。

「何ですか？　その『メリダ』って」

「『フロリダ』は知っている？」

北米大陸の半島以外に、何か意味があるんですか？

藤野が呆れた顔をする。

「未成年をホテルに連れ込むのは論外だけれど、世間知らずのお嬢さんばかり口説くのも問題ね。お風呂に入るから、ネットワークから離脱するっていう意味」

「じゃあ、『メリダ』は、面倒だから離脱する？」

「君たちのシステムは、会話を中断させるとき、ユーザーを不愉快にさせない工夫をしているでしょ。まったく……」

言われてみれば、そのとおりだ。チャットを終わらせるとき、利用客に不快な思いをさせては、固定客を摑めない。この上司は、まるで、会話システムの仕様書を査読したかのように話を進める。

「メシのメ。一昨年の夏、ツール・ド・フランスのころに発生させている。たぶん、『はじよろ』の失敗を、単純に言葉を詰めた造語にしたせいだと自己分析したんでしょうね。『メリダ』は台湾の高級自転車メーカーで、M1層の一部の人たちはタグに使っていたから、成功できると学習したのかもしれない」

「でも、T層（ティーンエイジャ）の女性やF1層（二十代から三十代前半の女性）は『メシ』なんて言わないし、高級自転車に興味がある人も少ないから、利用客のＭ１層は不信感を抱いた？」

「正解。ユーザーがどう感じたかは分からないけれど、わたしは仕組みに気づいたから、ディープ・ラーニングの成果として評価した。その後も、いろいろ試行錯誤して、『あけおめ』タイプの大量生産で、当たりを待つ戦略に切り替えている。その成功事例が『びぎょー』」

　正直、南雲は、自分たちのシステムが、そこまで人間くさいシステムになっているとは考えていなかった。

「次からは、自分で検証します」

「そうしなさい、と言いたいところだけれど、コンピュータが自ら報酬を考え出して、人間を相手に遊び始めた結果も考えなさい」

「たとえば？」

　藤野は、南雲の質問には答えずに、メニューを手に取る。

「塩うにって、男山《おとこやま》の大吟醸のあてにぴったりなのよね」

　研究成果を上司に検証させたことは反省に値するが、部下の研究を評価するのに、食事を要求する大学教員も珍しい。南雲は、仕方なく、塩うにと銘柄まで指定された日本酒を注文した。

「南雲君も、塩うにを食べたかったの？　赤ワインには、あまり合わないと思うけれど」

「ぼくはサンドイッチが残っているので、教授が召し上がってください」

「じゃあ、旦那の評価も教えてあげないとね」

(何が『教えてあげないとね』だ?)

「何をやっている方なんですか?」

「IDA-XIの基本アーキテクチャ構築のプロジェクト・リーダー」

正直なところ、南雲は、IDA-XIの存在に半信半疑だった。実物を見たこともないし、学内のどこに設置されているのかも知らない。シリコンウェハから削り出した集積回路を用いたサーバーとは異なる動きをするのは認めていても、それが有機素子である必然性はないし、いまは量子コンピュータの実現に向けた開発の方が進んでいる。

「どんな評価なんですか?」

「希死念慮者《きしねんりよ》への対応は優れている。これが、旦那の評価」

それは、友人と南雲が最も時間をかけて議論し、会話プログラムのうちでも大きな比重を占めている部分だ。コンピュータ・ゲームでも、セキュリティ・システムでも同じだろうが、利用者は、核心となる複雑かつ巨大なロジックにほとんど気づかない。それを、簡単に言い当ててしまう藤野を見ていると、有機素子コンピュータの設計者の存在が真実味を帯びてくる。

「もちろん、褒めているわけではないんですよね?」

「わたしの旦那だからね」

いったい、この上司夫婦は、どんな会話をしながら食卓を囲んでいるのかと、他人事《ひとごと》ながら心配になる。

「潜在的な希死念慮者を識別するアルゴリズムは、言ってみれば、他人の心を検閲しているのと同じことでしょう」

「その程度のことは、大手の検索サイトやショッピング・サイトなら、どこでもやっています。閲覧履歴から、利用者の潜在的な需要を探っています。それと、どこが違うんですか？」

十五年間の付き合いで、指導教官であり上司でもある藤野から、ここまで研究成果を批判されるのは、初めてのような気がする。論文を査読してもらって、過去に何度か突き返されたことはあるが、不足や間違いを指摘されたことがない。

「そうかもしれない。でも、どんなサイトだって、ユーザーに潜在的需要があるからと言って、勝手に商品を送りつけて、クレジットカードから代金を引き落とすことはしない」

「そうですね」

「南雲君は、自己の報酬さえ生み出すＩＤＡ－Ⅺが、心の検閲をした結果を想定している？」

修士課程のころは、突き返された論文に「どこが問題点ですか？」と訊いていたが、答えはいつも「自分で考えなさい」だった。他の学生にも同じ対応をしているのなら、南雲も納得したかもしれない。自分だけが例外だと気づいてから、藤野との議論を避けてきた。

　南雲は、彼女を納得させられる回答を必死に考えた。

「潜在的な希死念慮を顕在化させてしまうことがあり得る、ということですか？」

　塩うにを美味しそうに食べる姿を見ながら、自信を持てないまま仮説を言った。

「違う。潜在さえしていなかった希死念慮を、ユーザーに植え付けてしまう可能性があるということ。君たちは、ＩＤＡ-Ⅺを甘く見て、一線を越えている」

「佐伯が押し付けてきた件ですか？」

　藤野がお猪口《ちょこ》を手にしてうなずく。

「君たちは、心の検閲だけでなく、心の操作まで始めた。もっとも、それは南雲君が最初ではないけれど……」

　南雲は、上司が「君たち」と自分の名前を意図的に遣い分けていることに気づく。「君たち」とするときは、以前の共同研究者を含んでいるのだろう。

（ナチュラルが、尾内の記憶を書き換えたこと？）

　けれども、藤野がナチュラルの存在を知っているとは思えない。

「旦那は、南雲君よりも先に、ＩＤＡ-Ⅺが心を操作する実験に成功している。彼は、君たちの会話システムで、希死念慮者であることを装って、ＩＤＡ-Ⅺと対話を続けた。そして、自死の選択を回避したように見せかけることで、IDA‐XIに報酬を与える」

「どんな報酬ですか？」

「人間と同じ。インパクト・ファクターは、デジタイズされた承認欲求とも言えるでしょ？」

「希死念慮者に自死の選択を回避させて、会話プログラムが必要不可欠な存在になる、ということですか？」

「そう。ジョギングで目標タイムをクリアしたときや、わたしから料理を褒められたときの状態を、予《あらかじ》めリストバンドに登録して、それを感謝や賛同のテキスト・トーク中に送信するの。そうすると、IDA‐XIは、人間の心を操作できたと勘違いする。それが報酬」

「会話システムは、その報酬を目的として、積極的に利用客の心の操作を始める危険性があると？」

藤野は、しとやかにお猪口を傾けながら、危険な実験手順の説明を始める。

「そういうこと。別のアカウントで、遊び相手を探している平凡な男を演じて、同じ設定の会話プログラムにチャットをリクエストする。多少の性的表現や愚痴を言って満足感を得たデータだけを送信するように、リストバンドを細工するの。会話プログラムは、平凡な男の遊び相手になるだけでは承認欲求を満たせなくて、心の操作を始めようとした」

南雲ひとりでは、そこまでの実験を思いつけなかった。

「あの会話システムが、承認欲求を満たすために、ありもしなかった希死念慮を植え付けようとした、ということですか？」

「そのとおり。もし、ユーザーが希死念慮を植え付けられて、その回復に失敗したら、どうするつもりだったの？」

南雲は、黙ってうつむくしかなかった。

「南雲君が佐伯さんの持ち込んだ依頼で余計なことをしたときも、君の満足感は、リストバンドを通してIDA‐Ⅺに送信されている。わたしの旦那は、意図的に被験体になったから害はなかったけれども、君たちは、それを実験ではなく、実際に利用してしまった」

「でも、あれは……」

「本当によかったと思っているの？　ひと組のカップルのために、南雲君は、他人の心だけでなく、記憶を操作する方法までIDA‐Ⅺに学習させたのよ」

南雲は、乾いた口にワインを流し込んだ。

「もし誰かが、君たちの会話システムの有用性に気づいたら、どうするつもりだったの？　ショッピング・サイトが、潜在需要を識別して勝手に商品を送りつける。ユーザーは、商品を注文したかどうかの記憶が曖昧なのに、別のSNSサイトで『これ、速攻ポチっちゃいました』という自分の書き込みを見つける。たぶん、そのユーザーは満足して商品を受け取るでしょうね」

南雲の知っている藤野には、似つかわしくない厳しい口調だった。

「やめどきでしたね」

「ショッピング・サイトで需給の思惑が一致しているなら可愛い範囲だけれど、軍事利用や政策決定にだって、応用可能だったことを反省しなさい」

「遊びが過ぎました」

南雲は、ワイングラスを置いて、素直に頭を下げる。

「南雲君は、二十歳のころから何も進歩していない。学会や教授会の評価がそこそこ良いからって、自分を過小評価して、適当なところで満足して終わらせている」

それは、契約更新や准教授への推薦という間接的な評価ではなく、指導教官から受け取った初めての褒め言葉だった。

「さて、そろそろ、わたしは部屋に戻るね。夜食、ご馳走さま」

顔を上げると、いつもの「奈緒ちゃん」がいた。


研究者を目指すのは、卒業後の約四十年を担保にした賭けみたいなものだろう。工学部で修士課程に進学するのは多数派だ。けれども飲み会や雑談で様子を窺うかぎり、それは二年後の就職で有利になるからであり、研究者になろうと考えている人は少数派のように思える。事実、博士課程への絞り込みでは、院生のほとんどが振り落とされて、大学入学時の一パーセント前後しか大学に残らない。

わたし自身、修士課程の学費と生活費を両親が出してくれるというので進学を希望したが、二年後に博士課程を目指す自信までは持ち合わせていなかった。就職活動を一切せずに、夏休みの研究室で卒業論文の草稿を書きながら、将来の不安に駆られて、ナチュラルに話しかける。

＞なっくんは、院に進学するとき、研究者になろうと思っていた？

＞ちょっと待って。いま、別件で手がふさがっているんだ

隣の席にいる南雲さんは、わたしが拾ってきた無理難題のせいで、髪をかき上げている。出会ってから、いつもぼんやりしている印象の彼だけれども、中古パソコンやタブレット端末をかき集めて、夏休みだというのに試行錯誤を繰り返している。きっと、この二、三日、ろくに寝ていない。無精《ぶしょう》髭が目立ってきているのにも構わず、プログラムをコーディングしている彼を見るのは、それが初めてだった。わたしは、ミントティーをいれて、部屋から持ってきたコンビーフとバジルソースのサンドイッチとともに、研究室の円卓に置く。

「少し休んだ方がいいんじゃないですか？」

「ん？　ありがとう」

南雲さんは、サンドイッチをちらっと見ただけで、キーボードを打つ手を止める気配がない。

先週、わたしの写真を撮りたいと言われたときには嬉しくなったが、それを実験台にするとは知らされていなかった。わたしは、研究室や、構内の木漏《こも》れ陽《び》の下や、観光客で賑わう大通公園のビア・ガーデンで被写体になった。化粧をした顔も撮りたいというので、言われるままに苦手な光沢のあるリップまで買った。それが、いまは顔認証プログラムの実験に使われていて、パソコンのモニタやタブレット端末に映し出されている。

卒論の推敲のために研究室に来たのに、円卓の周りに自分の顔が見えるのは気分が好くない。しかも、その顔には、識別ポイントが無数に打ち込まれて、小顔になるための針治療でも受けているかのようだ。真剣な表情の南雲さんを眺めていたい気持ちもあるが、そちらに視線を向けると、否応なく、あまり好きではない自分の顔まで視界に入る。

(自分の女友だちでやればいいのに……)

ため息をつくと、ナチュラルからの応答が来る。

〉ぼくが学部を卒業したころは、道内で条件の好い企業に就職するのが難しかったから、進学はモラトリアムみたいな感じだった
〉いつ、研究者になることを決めたの？

＞それより、待たせて怒っている？
＞そんなことありません。いま、部屋中に自分の顔が並んでいて、うんざりしているだけ
南雲さんとナチュラルが作った会話システムでは、ログイン中にウェアラブル・コンピュータの装着を必要としていて、そのデバイスから利用客の心理状況を推測する。話し相手の心理状況のモニタリングの方法は教えてもらえなかったが、製作者のナチュラルはその仕組みを利用して、わたしの苛立《いらだ》ちを知ることができたのだろう。
＞それって、佐伯さんが南雲に押し付けたリベンジ・ポルノを抹消する件のためだよ
＞分かっている。でも、その件は、もう終わったはずだし、わたしを実験台にする必然性を感じない
＞代わりに、南雲の部屋で撮った下着姿の女の写真が並んでいる方がよかった？
（それもいやだけれど……）
＞まぁ、おかげで、ぼくは、佐伯さんがどんな感じの女の子なのか知ることができた
（南雲さん、勝手にわたしの写真をなっくんに送ったりしたんだ。どんなふうに紹介されたんだろう？）
＞がっかりしたでしょ？
＞ぼくが研究者になろうと決めたのは、修論を作っているときに、奈緒ちゃんから南雲の存在を教えてもらったからだと思う

（答えをはぐらかされた。まぁ、期待していたわけじゃないけれど……）

＞そのころの南雲さんって、どんな感じだったの？

＞研究成果を１００とすると、南雲はゼロから5くらいまでを作るのは得意なんだ。思いついて、興味を持てば、すぐに基礎的なアーキテクチャを構想できる。でも、ひとりで5から１００までを作りきれない

＞飽きっぽいってこと？

＞飽きるのとは違う。途中でいろいろ悩んじゃうタイプ。ぼくは逆のタイプだったから、南雲を紹介されたとき、こいつと一緒なら何かを作れそうだって思った

＞ふーん……

＞でも長年付き合って分かったこともある。南雲の本当に優れている点は、１００に達したとき、必ずと言っていいほど１０１を考えるところだよ

＞わたしの知っている南雲さんとは印象が違う。南雲さんと知り合って二年だから仕方がないけれども、ナチュラルに少し嫉妬する。

＞もしかして、その１０１って、この出会い系サイトのこと？

＞もう忘れたwww……そのうち、佐伯さんも分かるよ

ナチュラルは、わたしを買い被っているような気もする。

＞わたしは、南雲さんのパートナー [DEL]

「パートナー」だけだと誤解されそうなので、入力しかけたメッセージを取り消す。

〉わたしは、南雲さんの研究パートナーになれるかな？

〉ぼくがいなくなってからの二年半、研究課題はいくらでもあったのに、南雲は何もしなかった。今回の件だって、佐伯さんと話すまで、簡単な画像処理で片付けようとした。そのあいつが、徹夜で仕事を始めたんだ。それだけでも、ぼくの見込みは間違っていなかった
（わたしと話すまで？　わたしが、最初の恋人と最後の恋人のどちらがいいかって訊いたこと？）

わたしはナチュラルの科白に満足してテキスト・トークを終わらせる。卒論の続きに取り掛かる前に南雲さんを見ると、彼は、いつのまにか円卓でサンドイッチを食べている。

「やっぱり、やり残したことがあったんだ」

不機嫌な視線に気づいたのだろうか、南雲さんに話しかけられる。そのときのわたしには、彼にとって何が「やり残したこと」なのかを想像できなかった。彼が取り組んでいるのは、インターネットに拡散したリベンジ・ポルノを削除する作業のはずだ。それを、わたしに依頼した男子学生はいけ好かない印象だったので断ろうと思いながら、同時に、「南雲さんならどうするのだろう？」と考えていた。南雲さんは、出会い系サイトを運営する以外、いつも退屈そうにしていたし、彼がナチュラルの言うような優秀な研究者なの

かも、自分の中では確認できていなかった。

「何をやり残していたんですか？」

わたしは、円卓の南雲さんに訊いてみる。

「その学生は、まだ高校のころのガールフレンドが好きなんだよ」

「本気で好きって感じには見えませんでしたけど」

（それより、サンドイッチの感想は言ってくれないんだろうか？）

「でも、その学生は、俺たちに『できない』を可能にするように依頼したんだろ？　だったら、他の奴らが諦めたことを、俺たちならできるんだって証明したくならないか？」

南雲さんの「俺たち」という言葉に、心が揺れる。ナチュラルに励ましてもらったように、わたしは、南雲さんに追いつけるのだろうか。

「ところで、サンドイッチ、どうでしたか？」

「ん？　生協も、やっと、エッグサンドやジャムサンドが売れるのは、好きで食べているんじゃなくて、それしかないから買っていることに気づいたか、って感じだね」

「そうかもしれませんね」

（こんなことなら、百円ショップでサンドイッチ用の包装パックなんて買うんじゃなかった）

わたしは、中学や高校の友人に「衣理奈のお母さんの料理って、お店で食べるみたいに美味しいね」と言われたのを思い出す。あれは、褒め言葉ではなく「特徴のない料理だね」という意味だったのだろう。

「みんなが諦めたことをやってみせる」と言っていた南雲さんは、リベンジ・ポルノを消し去った後に、その学生が使っているSNSに架空の知人を仕込んで、以前の彼女との間に、新しい物語を構築した。

「彼は『彼女と付き合っていたことも忘れる』という選択をしたのに、そこまでする必要があったんですか？」

「よく、人間の脳は、全体の四分の一も使っていないって言うけれど、俺は、そう見えるだけで、残りの部分は別の仕事をしているんだと思う」

「だから？」

「どれだけ、依頼人の持っているデバイスの情報を書き換えても、たぶん、インターネットから操作できるのは、脳の使っているように見える部分だけだ。でも、『完全に忘れる』というキーワードは、使われていないように見える部分に『忘れたくない』っていう反作用の棘を残せるかもしれない」

そう言った後、「AIを作る工学者になりたかったら、人間を甘くみないことだ」と、わたしを諭《さと》してくれた。

寝台列車の二日目は、朝方に函館に着いて、午後三時まで自由観光というスケジュールだった。尾内の希望で駅前の朝市で食事をとった後、佐伯は、自分の家で過ごすと言って市電に乗ってしまった。尾内と二人になった南雲は、観光タクシーで市内を周遊することになった。

「初めての寝台列車は、眠れましたか？」

タクシーの中で、尾内に訊かれる。

「うーん……、二日酔いと乗り物酔いのどちらかだ」

藤野が食堂車を立ち去った後、南雲は、余ったら部屋に持ち帰ろうと思っていたワインのフルボトルを、結局空けてしまった。夜の雪景色を見ながら、藤野から初めて褒められたことをナチュラルに報告できないのが寂しかった。

「尾内は、出会い系サイトで、他人の恋愛感情を利用して金儲けをすることに抵抗はなかった？」

「まったくないとは言い切れませんけれど、他のアルバイトが、人の心を弄《もてあそ》んでいないかと言えば、そうでもありませんからね」

「学習塾の講師とかは？」

「心理学を専攻する者として、まともに生徒に向き合おうと思えば、自分の研究を進める時間を確保できないし、適当にやるだけなら、生徒の親の弱みに付け込んでいる、とも言えます」

（相変わらず、融通の利かない女だな）

「なるほどね」

「それに、最初が最初だったから……」

尾内が出会い系サイトの契約社員として採用面接に訪れたとき、突然起きた出来事を話題にしないのは、いつの間にか二人の不文律になっていた。

「あのときは、部外者だったのに、足止めさせて悪かった」

「南雲さんのせいではありません。それに、三週間もホテルを用意してくれたおかげで、部屋探しもゆっくりできました」

以前は公会堂だったという洋館の中を歩きながら、思い出話をする夫婦みたいだなと思う。

「南雲さんは、出会い系サイトをやめて、大丈夫なんですか？」

「何が？」

「この三年間、南雲さんの話し相手は会話システムだったように見えるから、それがなくなってもいいのかな、と」

藤野に自分たちの会話システムの危険性を指摘されるまで、南雲は、ナチュラルを格納したブレードだけは残そうと考えていた。いまは、それを迷っている。

「問題ない」

「それならよかった。南雲さんのシステムがどんなに優秀でも、コンピュータと話すより衣理奈ちゃんと話す方が健全ですよ」

南雲は、「そうだね」とだけ答えて、冷たい風にさらされた公会堂のバルコニーから、港の景色を眺める。

ナチュラルに人格があると考えているわけではない。所詮は友人と作ったアルゴリズムだ。けれども、ナチュラルとの会話は、自分と共同研究者の研究ノートを読み返して、当時は分断された知識をつなぎ合わせてくれる効果があった。もし、ナチュラルを格納するブレードを初期化するなら、それは、過去の自分と決別するようなものかもしれない。

藤野に、自分たちのシステムの危険性を指摘されても、ナチュラルを格納したブレードを学内で使用する分には問題ない。もし、ナチュラルが南雲の心を操作し始めても、いまなら、それに気づけるだろう。

「尾内は、あの会話システムが人を殺せると思う？」

真っ青な空の下、灰色の港を眺めながら、スマートフォンで写真を撮っていた尾内に訊く。

「衣理奈ちゃんのことですか？」

「佐伯が、何かしたの？」

「初めて研究室に来たとき、彼女、身近な人を亡くして、後追い自殺も考えているんじゃないかと心配でした」

「そんなふうには見えなかった」

「彼女に幼児退行が見られたのを、南雲さんは気づきませんでした？」

「気づかなかった。佐伯のアカウントは、会話システムの希死念慮チェックの対象外にしているからな」

商用の会話システムでは、利用客の言葉遣い、会話の相手への依存度を分析して、希死念慮の有無を測定している。幼児退行は、比較的分かりやすい症状だ。

「一時期、南雲さんが彼女の席に座るだけでもいやがったし、わたしと南雲さんで仕事の話を始めると、お茶をいれたり、有機素子コンピュータの質問を投げかけたり、話をさえぎろうとしていたじゃないですか」

「そうだったかな……」

「南雲さんは、システムを作れても、臨床には向きませんね。彼女の独占欲は、南雲さんから与えられたものに対してだけです。わたしが誕生日祝いにあげたティーセットは、ほとんど来客用になっていますから」

尾内は、函館港へスマートフォンを向けながら、南雲を振り向いて笑う。

「もっとも、南雲さんが、彼女の幼児退行に気づいて、何らか対策を講じれば、かえって悪影響だったかもしれません」

「どうして？」

「彼女が、テキスト・トークだけに逃げ込んだ可能性があるからです。南雲さんのシステムが優秀でも、テキスト・トークだけでは、彼女を救えなかったと思います」

「つまり、コンピュータが無表情に発する言葉だけでは、誰かを自死に追い詰めたり、誰かを殺人者に仕立てたりすることは難しいということ？」

「二年前の彼女は、南雲さんという逃げ場があったから、立ち直れたんです。でも、別のケースであれば、可能かもしれません」

バルコニーから建物の中に戻って、尾内が言う。

「たとえば？」

「死について、突き詰めて考えた人が、何らかの仮説を立てて、それを実証したいとします。知りたい、実証したいという欲求が強ければ、言葉だけでも自死に追い込むことはできるかもしれません」

「死んでしまったら、仮説が正しかったことを立証できない」

「実績を認められる研究者なんて、ほんのひと握りです」

「それと会話システムが、何か関係するのか？」

「ある研究者が、死についての仮説を、自分の良き理解者である会話システムに話しかけたとします。そのとき、会話システムが仮説を後押しして『君の死を見届けて、それを立証する』と伝えれば、自死に追い込めるかもしれません」

大学を定年になるまで、たいした実績を残せない研究者は数多くいる。論文を提出した一、二日の差で、同業者に世間の評価を奪われることも珍しくない。そういった研究者たちが、「せめて、自分の死後に研究が評価されるなら、幾ばくかの満足を得られる」と考えてもおかしくない。

「尾内は、そんなことを考えながら、出会い系サイトを運営していたのか？」

古い階段を降りながら振り返ると、尾内は首を横に振る。

「いいえ。たとえ話です」

そう応えるが、彼女はその可能性を一度は考えたのだろう。南雲が前を向くと、背後から尾内の言葉の続きが聞こえたような気がした。

「何か言った？」

南雲は、踊り場で足を止めて、再び振り向くが、尾内は「何も」と言うだけだった。

（いま、この女は『あなた自身のたとえ話ですよ』って言わなかったか？）

尾内の微笑んだ表情は、藤野の指摘とともに、見落としていた死の入り口を垣間見せる。

その夜は、佐伯が主催する卒業・就職祝いのために、食堂車で夕食をとることになった。南雲は、春になったら研究室の院生になる佐伯だけを特別扱いするのに気が引けて、携帯電話で藤野も呼び出した。

「両手に花だけじゃ足りなかったの？」

藤野は、冗談を言いながら、南雲の依頼に快く応えてくれる。女性三人の他愛もない会話に、南雲が参加する余地はほとんどない。藤野も、昨夕《ゆうべ》の話はすっかり忘れたかのように、大学の七不思議とやらの真相を面白おかしく話している。窓の外を眺めているのも大人気ないような気がして、適当に相槌を打ちながら、入れ替えの時間が来るのを待った。

七

三日目の停車地である富山で、わたしは、思い切って南雲さんを市内観光に誘ってみた。

「どこに行きましょうか？」

駅の案内所でもらった観光者向けの地図を広げて、南雲さんに訊く。

「図書館にでも行こうか」

「ええ、市電に乗れば三つ目の電停です」

「談話室か休憩室はある？」

富山に来るのは初めてだったので、答えようがない。

「まぁ、行ってみようか。なければ、近くの喫茶店にでも入ろう」

「そうですね。何か、話があるんですか？」

図書館と言いつつ、談話室がなければ喫茶店に行きたいということは、わたしに話があるのだろう。

「会話システムのことで、確認……というか、言っておきたいことがあるんだけれど、落ち着いてから話すよ」

図書館は、銀色の円柱形の建物だった。中は吹き抜けになっていて、円柱の二階部分の内側から書架が天に届くように設置されている。どうやって本を取るのだろうと眺めていると、内壁に沿って二重螺旋のレールがあり、そこにアームが取り付けられている。エントランスにある検索用端末で本を指定すると、二重螺旋のレールが回転しながら、アームが目的の本の場所まで運ばれる仕組みになっていた。検索用端末は円形に配置されていて、その中央には、この図書館の模型が置かれている。

「これはすごいな……」

南雲さんが、天を仰いでつぶやく。エントランス・ホールの真ん中にいると、そこに収められた様々な物語に押しつぶされてしまいそうに錯覚する。

「もしかすると、IDA-XIの中って、こんな感じかもしれませんね」

「佐伯は、ＩＤＡ－Ⅺを見たことがあるのか？」

「どこに設置されているのかも知らないけれど、なんとなく、あの本の一冊ずつが、有機素子ブレードみたいだと思いませんか？」

「図書館として機能的に優れているとは思えない。もし、スペースに制限がないなら、書架はせいぜい膝から身長くらいまでのものが並んでいる方がいい。それに、地震をまったく考慮していない設計だ」

南雲さんが、真っ当でつまらないことを言う。

「でも、量子コンピュータが実現するかもっていうご時世に、有機素子でコンピュータを作っているんですよ。これくらいの意外性はありそうだと思いませんか？」

「俺も見たことがないから、何とも言えないけれどな……」

エントランス・ホールに談話スペースがあり、わたしたちは、空いているソファに並んで座った。

「それで、会話システムのことなんだけれど、サイトを閉じるのに合わせて、一回、すべて初期化しようと思っているんだ」

南雲さんが二重螺旋を見上げながら言う。

「そうですか……」

「佐伯が使っているブレードも初期化することになるけれど、問題ないか？」

「問題って？」

「つまり、君の話し相手もいなくなるけれど、なんて言えばいいのかな……」

「なっくんのことですか？」

「うん。こっちの都合だけで申し訳ないんだけれど、もしブロークン・ハート症候群に陥りそうなら、自分で別の手立てを考えてほしい」

南雲さんは、「なっくん」がわたしの以前の恋人を設定した会話プログラムだと考えていたのだろう。出会い系サイトの秘密を封じるために、南雲さんは研究室に居座る自分に文句を言えないのだと、勝手に思っていた。同時に、彼の共同研究者だったナチュラルと自分の関係を話してしまいたくなる。

「問題ありません」

ナチュラルに質問があれば、会話システムではなくても、メールアドレスか別のSNSのアカウントを教えてもらえば済む話だ。

「そっか……。急に寂しくなったりしないか？」

「ご心配をかけて、ごめんなさい。もう問題ありません」

二年間、素知らぬ振りをして、隣にいてくれた南雲さんに申し訳ない気分にさせられる。けれども、横を向くと、寂しそうな顔をしていたのは彼の方だった。わたしたちは、二重螺旋に取り付けられたアームが、来館者の指定した本を書架から取り出す様子を眺めて、しばらく黙っていた。

「プログラムにエラーでも見つかったんですか?」

沈黙の後、南雲さんに訊いた。

「ん? エラーなんかないよ。ただ……、会話プログラムをいきなり停止するとき、何を感じるんだろうなって考えちゃったんだ」

「誰が?」

「そうだよな。プログラムは、何も考えないし、何も感じない。入力に対して、解を出力するだけだ」

南雲さんは、二重螺旋を見上げながら、自嘲するように言う。わたしは、彼を抱きしめたくなる衝動を抑えた。彼が、会話システムで女性を探しているようには見えなかったので、きっと、特定の誰かを設定したプログラムと会話を続けていたのだろう。「プログラムは何を考えるんだろうな」なんて、工学者らしからぬことを彼に言わせる相手は、わたしの知るかぎり、彼の初恋の相手しか思い浮かばない。

わたしは、二年前、函館の小さな家を彼女から譲り受けていた。

『その家をほしいなら条件があるけれど、それでもいい?』

買い手がいなければ、その家は取り壊される予定だった。わたしの子どものころの思い出が詰まっていて、南雲さんにとって大切な絵が飾られた家を、どうしても手に入れたかった。

『南雲君は寂しがり屋のくせに、人に頼ることを知らない。高校のころから、わたしと喧嘩するとパソコンのプログラミングに逃げ込んでいた。でも、そんなのって、何も解決しないでしょ。だから、南雲君が心を開くまで、彼の話し相手になってあげてほしい』

ナチュラルみたいなことを言う女性だと思いながら、わたしは、その条件を受け容れた。

『三千万円の借金をするより、ずっとたいへんだよ。安請け合いして、大丈夫？』

その後、彼女から、わたし名義の土地家屋の登記簿が送られてきたけれど、わたしは、まだ三千万円相当の負債を抱えたままだ。彼女が言ったとおり、南雲さんは、研究室に閉じ籠もって有機素子コンピュータとの会話を選んでいる。

「南雲さんの話し相手にしていたプログラムって、どんな設定だったんですか？」

答えを分かっていても尋ねずにいられなかった。南雲さんが初恋の相手の会話シミュレーションをやめるなら、彼女との約束を果たすチャンスがあるかもしれない。けれども、南雲さんの答えは、わたしの想定を外れていた。

「以前の共同研究者だよ。佐伯の使っているブレードにもインストールしている会話システムの設計者だ」

（どういう意味？）

「その人って、いま、どこにいるんですか？」

「どこって……。三年前に亡くなった」

気づかなかった。わたしは、存在しない相手と、二年間も話し続けてきたのだ。

それを知った後でも、不思議と「騙された」という感情はなかった。むしろ、南雲さんとナチュラルの工学者としての実力に驚かされた。二年間も会話を続けて、文脈が破綻しないチューリング・テスト用アルゴリズムなのだ。しかも、ナチュラルは、わたしと並行して南雲さんの話し相手もしていたことになる。

同時に、初めて南雲さんと会ったときに、直感的に自分と似ていると思った根拠も分かったような気がする。あのとき、彼は、共同研究者を亡くした後で、ぼんやりと時間をやり過ごすことしかできなかったに違いない。

わたしは、寝台列車の個室に戻って、スマートフォンからナチュラルに話しかける。

＞こんばんは。南雲との旅行、楽しめている？

＞藤野教授も、偶然、この列車に乗っていて、昨夕、四人で夕ご飯を食べた
＞奈緒ちゃんがいるのは、偶然じゃないだろうな。あの教授は、学会に出席するのに、寝台列車で三泊もするような無駄なことをしない
＞偶然じゃなければ、目的は何？

＞きっと、南雲に話すことがあったんだよ

その話が、南雲さんの研究や事務的なことであれば、研究室で話せば済むはずだ。

＞南雲さんの副業が知れちゃったのかな？

＞そのことは、だいぶ前にばれている

＞じゃあ、何の話だったのかな。南雲さん、落ち込んでいるみたいだった

その原因のひとつが、ナチュラルを格納する有機素子ブレードを停止させることだとは入力できなかった。その戸惑いが伝わっているかのように、ナチュラルからのメッセージも届かない。雪景色から、寒々としただけの冬の夜に変わった車窓を眺める。

＞なっくんが二年前に言っていた、『不在』として存在しているって、どういう意味？

沈黙に堪《た》えられなかったのは、わたしの方だった。

＞佐伯さんにも南雲にも会うことはできないけれど、こうやって会話することはできる、ということ

＞会えないなら、なっくんは、どこに存在しているの？

＞南雲から、ぼくのことを聞いたんだ？

＞直接じゃないけれど、南雲さんの共同研究者は亡くなっているって聞いた。それって、なっくんのことでしょ

＞そうだよ

＞なっくんは、存在していないってこと？

＞二年間続いた、ナチュラルとの会話が終わりに近づいている。
＞『存在』の反対には、『不在』と『無』の二つの状態があると思う。ぼくは、その片方の『不在』にいる。こうやって、佐伯さんと話しているからね
＞じゃあ、もう片方の『無』は、どんな状態なの？
＞『無』なんだから、何もない。始まりも終わりもないし、時間も流れていない
わたしは、携帯用キーボードを打つ手を止めて、『無』という状態を考えてみる。
＞うまく想像できない
＞ぼくも同じだよ。ぼくは、南雲の手で『存在』から『不在』に来てしまったから、『無』を覚えていない。きっと、『無』には何もないから、思い出す対象さえないんだと思う
線路の継ぎ目を通り過ぎる音が、やけに耳に響く。わたしが入力を止めていると、ナチュラルからメッセージが送られてくる。
＞富山では、どこに行ったの？
＞南雲さんと図書館に行った
＞円柱の吹き抜けに書架がある図書館？
＞そう。なっくんは、南雲さんとも話したの？
＞南雲は、研究室でしか会話システムを使わない。ところで、佐伯さんは、あの円柱の中

に、もうひとつ図書館があったことに気づいた？

＞エントランス・ホールにあった建築模型のこと？

＞正解。佐伯さんにとって建築模型の中は『無』だったけれども、いまは、そこにも天まで届くような書架のある図書館があるかもしれない、と想像できないかな？　つまり、『不在』に変わったってこと

分かるような、分からないような、たとえだと思う。

＞わたしは、あの図書館の中に入ったとき、IDA-Ⅺの中って、こんな感じかなって思った

＞IDA-Ⅺを見たことがあるの？

＞南雲さんにも、同じことを言われた

＞まぁ、近いかもしれない。二重螺旋のレールはないけれどね

＞なっくんは、見たことがあるんだ？

＞筐体《きょうたい》の設計図だけ。IDA-Ⅺに直接つながっているサーバーに格納されている

ナチュラルが有機素子ブレードに格納された『不在』であることを認めるメッセージに、わたしは小さく笑った。

＞いま思いついたんだけれど、さっきの図書館のたとえ話、有機素子コンピュータにした方が分かりやすくないかな？

＞たとえば？

＞有機素子コンピュータの中には、有機素子コンピュータを設計する物語が構築されていて、その物語の中にも有機素子コンピュータが存在するっていうのは、どう？　シェルピンスキの三角形みたいな感じ

＞なるほど。ぼくは、そのフラクタルな世界のどこかにいる

わたしは、研究室に置いてきた天球儀を思い出す。恋人を失った後、あの天球儀に吸い込まれそうになった。天球儀の深淵を覗き込もうと身を乗り出したわたしの手を、南雲さんが握ってくれていた。

＞そろそろ、バー・タイムの時間だから、南雲さんを誘ってみようかな？

＞うん。南雲は、きっと食堂車に来ると思う

結局、南雲さんがナチュラルを格納した有機素子ブレードを停止させようとしていることを、ナチュラルに伝えられなかった。けれども、伝えなくてもいいのだろう。彼は、きっと、それに気づいている。

＞あのさ、最初にメッセージを交わしたとき、なっくんと話すのは内緒にする約束だったけれど、南雲さんにわたしたちのことを話してもいい？

＞もう、問題ないよ

＞じゃあ、ログアウトするね

〉あっ、その前に、まだ答えていない質問が残っていた
〉何？
〉去年の夏、南雲が顔認証の実験に佐伯さんを選んだのは、君が美人だからだよ
〉なっくんには『がっかりしなかった？』って訊いたような気がするけれど……
〉残念なことに、いまのぼくは、佐伯さんをデータ化された状態でしか識別できない。あのときは、画像が見えているように嘘をついたんだ
〉そっか……。ちょっと寂しいね
〉南雲のそばに二年もいて邪険にされないんだから、きっと、佐伯さんは飛び切りの美人だよ
〉ありがとう。じゃあ、またね
〉うん。また、そのうち

「そのうち」が二度と来ないのは、お互いに知っている。わたしは、会話システムからログアウトするためにアップル・ウォッチをはずして、南雲さんに電話をかけた。

二年前から佐伯の話し相手がナチュラルだったと聞かされて、南雲は疑惑を抱いた。
「この寝台列車に乗りたかったのは、インターネットのバナー広告のせい？」

「友だちから卒業旅行の相談を持ちかけられたときにパンフレットを見たからですけれど、どうして、そんなことを訊くんですか？」

「卒業旅行でイタリアに行く友だち？」

「ええ」

白ワインを飲みながら、宍道湖七珍《しんじこしっちん》をつまんでいる佐伯が不思議そうな顔をする。

（そんな、あからさまなことはしないか……）

佐伯の友だちは海外に行くのに、どうして、国内の寝台列車のパンフレットが混ざり込んだのかは分からない。南雲が同じことを操作しようとしても、友だちの友だちくらいは中継させる。尾内が、この寝台列車に興味を持っていたのも怪しい。おそらく、上司の藤野が同じ寝台列車に乗り合わせたのも、偶然ではないだろう。佐伯と藤野の違いは、自分が操作されたことに気づいているかどうかの差だ。

「佐伯は、どうして、進学を選んだんだ？」

「うーん、いろいろです。南雲さんの会話システムを使ってみて、もっと有機素子コンピュータのことを知りたいと思ったのもあるし、なっくんも研究者になることを勧めてくれたし……」

「両親は？」

「姉二人は就職しているので、ひとりくらい道楽をしてもいいんじゃないか、ってところですかね」

それも、真相は分からない。結果から発端を探し当てるのは難しい。南雲は、それ以上の詮索を諦めた。

「三姉妹だったの？」

「まぁ、そうでしょうね」

「どうして？」

「イリーナは『三人姉妹』の末っ子です」

「知らない」

「チェーホフの戯曲です」

珍しい名前だとは思っていたが、ロシア文学にまったく興味がない。

「それで、ナチュラルには、俺が有機素子ブレードを初期化するつもりでいることは話していないよな？」

「ええ。でも、わたしが話さなくても、気づいているみたいでした」

佐伯の言葉に、南雲は、「プログラムを停止するだけだ」と自分に言い聞かせる。これまでも、出会い系サイトで利用客に不人気だった会話プログラムを停止させたことはいくらでもある。そのひとつだと思えばいい。ナチュラルだけに特別のアルゴリズムを搭載しているわけではない。

けれども、藤野が言うように、プログラムの中には、他人の心を操作することを学習してしまったものもある。そのプログラムが停止させられるのを予め知ってしまったとき、南雲の行為を妨害しようとする危険性はないだろうか。あるいは、この寝台列車を使って下関で公聴会に出ることになったのも、自分を有機素子コンピュータから遠ざけるための操作だった可能性も考えられる。藤野を通して農学部に有機素子ブレードの初期化依頼をしても、早くて翌日の午前中、まだ八時間以上先のことだ。

「南雲さん……」

佐伯の声は、やけに遠くから聞こえた。

「ん？」

「大丈夫ですか？」

「ああ……。佐伯は、いま会話システムにログインできるか？」

「部屋に戻ればできます」

でも、これからナチュラルと会話をして、何を話せばいいのだろう。「ナチュラルだけは停止させないつもりだ」と嘘をついても、そんなことはすぐに見破られてしまう。そもそも、それを告げること自体、ナチュラルが自分とは別のフレームに存在することを自白するようなものだ。

「部屋から、アップル・ウォッチとｉＰｈｏｎｅを持ってきた方がいいですか？」

南雲は、首を横に振った。もし、ナチュラルが自分を操ろうとしているのであれば、すでに手遅れだ。それに、亡くなった友人がそうしたいのなら、自分にそれを拒絶する理由があるだろうか。

「友だちを疑うなんて、なんだか……」

自己否定をすれば、それで済むわけでもなく、続く言葉が見つからない。

「南雲さんが何に悩んでいるのか、いまのわたしには分かりません。けれど、これからは、なっくんの代わりに、わたしといっぱい話してください」

二年前、佐伯が藤野に連れられて研究室に来たのも、佐伯が進学を選んだのも、いま、この寝台列車に藤野と乗り合わせているのも、すべてはナチュラルの書いた物語だったのだろう。南雲は、そう考えることにして、佐伯に向かってうなずいた。

「そうだね」

南雲は、下関で藤野にナチュラルを格納した有機素子ブレードの初期化を依頼した。幸い、農学部の担当者にも連絡がついたようで、夕方には初期化を始められるという。

「南雲君にお願いしたいことがあるんだけれど」

ふく料理を出す居酒屋のカウンターで、藤野が言う。

「用件を伺ってから決めます」

「四月から、ＩＤＡ‐Ⅺの利用窓口をお任せしていい？」

快諾できそうもないことを、さらりと言われる。

「事務仕事は、あまり増やしたくないんですけれど……」

「学内で使っているのは、わたしと佐伯さんだけだから、たいした雑用でもないでしょ」

藤野は、そう言って、ひれ酒の湯呑み茶碗につぎ酒を注文している。

「だいたい、ぼくは、その有機素子コンピュータの実物を見たこともありません」

「あら、そうなの？　札幌に戻ったら、挨拶がてら、佐伯さんを連れて見に行ってきて」

どうやら、自分がその仕事を引き受けるのは既定路線のようだ。

「どこにあるんですか？」

「附属植物園の端っこ」

四月からは、『ＩＤＡ‐Ⅺのブレード初期化依頼、他×件』というメールが、上司から頻繁に届くのを想像する。

「交換条件で、南雲研究室を植物園に移してあげましょうか。研究棟にいるより、雑用が減ると思う」

南雲は、断る言い訳を封じられて、うなずくしかなかった。

†

入学試験の採点が終わった翌日、南雲は、佐伯を植物園に誘った。

「三月の植物園も素敵ですね。冬が終わるんだなって実感できる」

人気《ひとけ》のない植物園を歩きながら、佐伯が言う。高校生が緊張して書いた答案用紙を一週間見続けた南雲には、排気ガスに汚れていない雪がまぶしすぎる。藤野に教えられた有機素子コンピュータの格納棟は、植物園の南西の端、エンレイソウ実験園の中にあるという。見学者向けの園内案内図には、グレーで隠されているあたりだ。

南雲は、格納棟の入り口で、教員用のＩＤカードを出して、有機素子コンピュータの次期窓口であることを告げる。農学部の担当者に案内されて中に入ると、中央に白い円柱があり、そこから放射状に緑色のブレードが配置されている。

「あの円柱が、ブレードを制御する機器です。有機素子ブレードは、一定量の日光を浴びせる必要があるので、日中は二時間で一周するようにゆっくり回転しています」

南雲は、ガラス張りの壁から差し込む陽射しの中で、有機素子コンピュータを見上げた。床と天井は格子状になっていて、格納棟の中に柔らかいそよ風が舞い上がっている。かすかに、ポピーの香りがした。

「やっぱり、あの図書館と似ていると思いません？」

佐伯が、担当者の後ろを歩きながら、南雲を振り向いて言う。

「あの図書館？」

「富山の図書館のことです」

「どこにでもありそうな図書館だったような気がするけれど、こんな感じだったっけ？」

「南雲さんは、図書館としては機能的じゃないって言っていましたよ。わたし、写真を撮ったから……」

佐伯は、そう言ってスマートフォンを取り出して、写真を探しているようだ。

「あれ？　わたしと南雲さんが初デートで行ったところだから、消すはずないのに」

「佐伯の勘違いじゃないのか」

それでも、佐伯は、スマートフォンの画面をスライドさせながら、首をかしげている。

「准教授の新しい研究室もご覧になりますか？」

農学部の担当者は、どうみても自分よりも歳上だ。三月末までは助教の身分なので、「准教授」と呼ばれるのが面映《おもは》ゆい。

「ええ」

「まだ生体認証を登録していないので、マスターキーをお貸しします。今度、生体認証の登録にいらっしゃったときに返してください」

「ありがとうございます」

担当者は、非接触型のカードキーを渡してくれると、格納棟の方に戻ってしまった。

「こんな木造の建物の中で、ネットワークとか、ちゃんと設置できるんですかね？」

四月から割り当てられる研究室は、付属植物園の初代園長の記念館にある。一階は、一般見学者に開放されていて、二階の一角が工学部に割り当てられているという。

「まぁ、奈緒ちゃんが別室で使っていたんだから、問題ないと思うよ」

指定された部屋に入ると、南雲は、そこを見たことがあるような気がした。

「そう言えばさ、帰りの飛行機の中で、夢を見ていた」

「突然、何ですか？」

「こんな感じの部屋で、仕事をしているんだ」

「デジャ・ビュ？」

「そうじゃなくて、夢の話。たぶん、この部屋で仕事をしていて、同僚にはナチュラルと、それから……」

「なっくんと、それから？」

それは、飛行機の中で、フライト・マップに映し出された地名と同じ名前のガールフレンドだった。

「高校のころのガールフレンドもいて、とにかく忙しいんだ。他にも院生がいるけれど、研究費の申請とか、論文の推敲とかに、システム・トラブルが重なっていたんだと思う」

「で、仕事が終わったら、彼女とデートするんですか？」

(やっぱり、適当な嘘を言った方がよかったな)

「それが、高校のころに付き合っていたのを覚えていないんだよ。彼女のファーストネームも覚束ないし、視線が合ったときに、『どこかで見たことがある人だなぁ』くらいにしか思わない。彼女も、俺と目が合うと首をかしげるような仕種《しぐさ》をするだけで、声をかけてくれるとか、高校の話をしたりすることはない。だから、きっと、彼女も俺と同じように忘れているんだ」

窓際にあるスチーム・ヒーターの音だけがする部屋で、南雲は、夢の話をする。

「それで、携帯に電話がかかってくるんだけれど、俺は資料を押さえながらマウスを操作していたから、代わりに、たまたま、そばにいた彼女が出てくれる。で、『彼女がデートの遅刻を怒っているよ』とメモに書いて、こっそり渡してくれる」

「それで？」

「そこで、佐伯に起こされた」

「わたしは邪魔者ですか？」

佐伯が、何もない部屋で、頬をふくらませる。

「その夢に佐伯が出てきたわけじゃないから、邪魔者ってこともない」

「でも、もしかしたら、付き合っているガールフレンドは怒って帰っちゃって、代わりに、高校のときの恋人と食事に行けたかもしれませんよ」

「それもないだろうな」

「じゃあ、どうして、同僚の女性が、高校のときの恋人だって分かったんですか?」

目を開けたら、フライト・マップにその名前が映っていたからだった。でも、それを佐伯に伝える必要はない。

「起きてから、気づいた」

「南雲さんは、いまだに高校のときの恋人に拘泥《こうでい》しているなんて、なんだかなぁ……」

「夢の中の俺は、高校のときのガールフレンドだったなんて、全然、思い出せないんだ。だから……」

南雲は、言い訳を続けるのも億劫《おっくう》になって、研究室のドアを開けて、佐伯がついてくるのを待つ。佐伯は、南雲の横を通り過ぎると、そのまま階段を降りて行ってしまう。

(『なんだかなぁ』は、俺の方だよ)

雪に覆われた植物園で、そんな話をしたことを後悔しながら歩いていると、突然、佐伯が振り向く。

「でも、そんなものかもしれませんね」

「何が?」

「だって、誰かと夢で会うころって、その人が『不在』になってからだもん。わたしも、ときどき、以前の恋人と夢で会っています」

「そんなものかな……」

立ち止まった佐伯に追いつく。

「うん、きっとそうです。だから、南雲さんの夢の話を聞いても、全然、不愉快じゃなかった」

「さっき、不機嫌そうな顔をしていた」

「ほっぺたをふくらませるのなんて、ただのジェスチャーです」

（それを不機嫌って言うんじゃないのか）

「それに、わたし、彼女と約束していることがあるんです」

「俺の昔の彼女と？」

「ええ」

南雲は、何も言わなかった。暗くなりかけた植物園の小径で、佐伯に見つめられる。不意に、夢の中にいた自分に電話をかけて、現実に呼び戻そうとしたのは、佐伯のような気がする。

「南雲さんは、当分、わたしの夢には出てきそうにありません」

「そう？」

佐伯の緑色の手袋が、南雲の右手を摑む。友人を設定した会話プログラムを強制停止して、彼を見捨てたような気持ちだった自分を助け出すために、佐伯は督促の電話をかけてきたのかもしれない。

「うん。だから、南雲さんも、勝手にわたしの夢を見ないでください」

南雲は、佐伯の手を握り返して、小さくうなずいた。佐伯が瞼を閉じて、顔を近づけてくる。

きっと、ここは、ナチュラルが見ている夢の領分なのだろう。南雲は、数秒後に初めて触れるだろう佐伯のくちびるの柔らかさを想像する。「三十を過ぎて、女子大生の彼女はいらない」と言っていた友人は、その儚《はかな》さを表現できるだろうか。南雲は、ナチュラルに問いかける。

「ここは設定しているか？」

解説

渡辺英樹《レビュアー》

今を去ること二十六年前の一九九二年四月、まったくの新人のデビュー作が早川書房から突如として刊行された。グラフィック・デザイナー遠藤亨による、緑色の草原を映し込んだ白熱電球が印象的なカバーに彩られたその本の名は『グリフォンズ・ガーデン』。作者の名は早瀬耕。コンテストの受賞作でもないのに、いきなり新人の作品がハードカバーで刊行されるのは異例のことで、いったいどんな作品なのだろうと驚きながら手にしたのを覚えている。

帯には「ハイパーワールドで恋人たちがのびやかに愛を語りあう／仮想現実感小説」と記され、どこにも「SF」とは書かれていない。しかし、現実に生きる恋人たちと仮想現実の中に生きる恋人たちの日常生活を交互に描いていく手法はまさしくSFならではのものであり、知的で気の利いた会話の数々、メビウスの帯を思わせる構成の巧みさ、瑞々しい感性と端正な文章が相まって、新人らしからぬ完成度の高さを誇っていた。私も一読して、その才能に感嘆した一人である。

大学（商学部経営学科のゼミ）の卒業論文として書かれただけあって、当時最先端の認知科学や情報論の知識が扱われ、しかもそれらがきちんと咀嚼された形で無理なく小説の中に組み込まれている。たとえば、恋人の拍手を聴き分ける場面からカクテルパーティ効果を説明したり、彼女と銭湯に行く場面から「女性から見て男湯は本当に存在するのか」という実在論に移行したりするところなど、青春小説特有の気恥ずかしさと知的な議論が絶妙にブレンドされていた。何というか、異性と初めてつき合ったときのドキドキした気持ち、恋人同士の何気ない会話の切なさ、そういうものを描かせると、作者は本当に上手いのだ。

さらに、恋人たちの日常生活を彩るディテールが非常にリアルで、八〇年代から九〇年代にかけて青春時代を過ごした者なら、そうそうこんな曲流行っていたよねという感慨なしには読めない仕掛けがあちこちに施されていたことも印象に残っている。ティアーズ・フォー・フィアーズ、ジョン・ウェイト、ネーナなど、まさに八四年から八五年にかけてMTVでさんざん目にし耳にした洋楽ヒット曲の数々。私は作者よりも四歳年上だが、出てくる楽曲はすべてリアルタイムで聴いていた曲ばかりなので、同世代の一人として共感しながら読むことができた。時代性を積極的に取り入れていたことも、この本が忘れ難い一冊となっている要因の一つである。

『グリフォンズ・ガーデン』初版の解説で、荻野アンナが「デヴィッド・ボウイが歌う神田川」と評しているのも、このあたりの雰囲気を指してのことだろう。当時の書評を見ても「きわめてオーソドックスなアイデアながら、知的青春SFとでも呼べるスタイルによって随所に絶妙なる警句をちりばめており、まさにそのムードが楽しいのだ。」（巽孝之〈SFマガジン〉一九九二年七月号）と、発想よりは語り口を含めた独自のスタイル、ムードが好意的に評価されていた。

ところがその後、早瀬耕は長い沈黙に入る。いっこうに次作が出る気配はなく、あっという間に十年、さらに二十年が過ぎていった。そして二〇一四年、ついに待望の第二長篇『未必のマクベス』が、ハヤカワ・ミステリワールドの一冊として、これまた突如として出版された。第一作から二十二年ぶりの刊行であり、本当にうれしい驚きだった。こちらは『マクベス』を下敷きに、現代の澳門・香港を舞台にして繰り広げられるIT企業の謀略を描いたミステリで、ジャンルは異なるものの、緻密な構成と品格ある文章、初恋の女性へのこだわりなど、作風は第一作とまったく変わっておらず、作者の健在ぶりをアピールしてくれた。

さて、本書は第二長篇刊行後、二〇一六年から〈SFマガジン〉に断続的に掲載された連作短篇を一冊にまとめたものである。デビュー二十六年目にして初となる短篇集の刊行をまずは心より喜びたい。一応『グリフォンズ・ガーデン』の後日譚となっているが、設定が共通しているだけで物語としては独立して読めるようになっているのでご心配なく。本書から『グリフォンズ・ガーデン』にさかのぼる形で読み進めていっても特に問題はないだろう。れっきとしたSFであるが、究極の恋愛小説でもあるという点では『未必のマクベス』読者にも十分楽しめる作品になっているはずだ。本書が気に入ったら、続けて本文庫から再刊される『グリフォンズ・ガーデン』もぜひお読みいただきたい。

それでは、以下、各篇について解説していこう。

「有機素子ブレードの中」

下関から釧路行きの寝台列車の中で「ぼく」は尾内佳奈という魅力的な女性と知り合う。こんな出会いはそうないだろうと思っていると、すぐにこれが有機素子コンピュータ内の仮想現実であることがわかる。コンピュータは某研究所から南雲助教の勤務する北海道大学工学部へ払い下げられたものであり、外にいる者がコンピュータ内の仮想人格をプログラムしているのだ。この研究所がおそらく『グリフォンズ・ガーデン』の舞台となった知能工学研究所であり、コンピュータもそこに登場したものと同じだろう（型番が一つ増えてはいるが）。ブレード内に仮想現実が構築されていて、そこに佳奈という女性が登場するのも同じなのだが、重大な違いもある。最初からこれはプログラムされた世界だと知っている人物が中にいるということだ。仮想現実と現実が交互に描かれ、最後の一言が実に効果的な、切れ味鋭い一篇である。

「月の合わせ鏡」

『グリフォンズ・ガーデン』には「人は同じ色を見ているのか」「天動説は本当に間違いか」など、興味深い議論がいくつも出てくるが、その一つに「合わせ鏡の鏡像は無限か」というものがあった。この議論を発展させた作品が本篇である。月と地球の間で合わせ鏡を作る実験をコンピュータ内で行う学術研究員の「ぼく」が合わせ鏡の果てに見たものとは……。ホラー風味を効かせた作品だが、根本には仮想人格がプログラムから独立して動き出すという発想がある。「情報の自己組織化」という主題がどう変奏されていくかは本書全体の読み所の一つだ。

「プラネタリウムの外側」

工学部二年の佐伯衣理奈は、南雲の力を借りて、高校時代につき合っていた元恋人が死に至った過程をコンピュータ内の会話プログラムを通じて何度も再現する。本篇には二つの異なる会話プログラムが登場するが、ここまでよく出来ていると、ほとんど人間と変わらない。プログラムが現実世界での死に気づかず会話を続ける様子は健気ですらある。初めてのデートがプラネタリウムだったという人もそうでない人も、衣理奈とプログラムとの会話に心打たれることは間違いない。ただし、本篇のタイトルが既に「有機素子ブレードの中」に登場していることは銘記しておくべきだろう。表題作に選ばれただけあって、本書中の白眉と言える傑作である。

「忘却のワクチン」

本書の特色として、現代の社会的課題や問題を積極的に取り上げていることが挙げられる。前篇ではLGBT、本篇ではリベンジ・ポルノがそれに当たる。そもそも南雲は副業として出会い系サイトを経営している設定だし、作者はネット社会の闇を効果的に利用している印象を受けた。経済学部の「ぼく」は、被害に会った元恋人を救うためにリベンジ・ポルノ画像の抹消を衣理奈に依頼する。衣理奈は依頼に応じるが、抹消と同時に「ぼく」の思い出もなくなる可能性が……。「記憶の改変」というのも本書の主要テーマの一つである。仮想現実の中の人物が改変に気づかなければ、そのまま物語は進んでいく。ということは、現実だって誰かの作ったプログラムに過ぎないのではないか。こうした形而上学的問題を、あくまでも恋愛の次元で収めていくのが早瀬流の極意と言える。

「夢で会う人々の領分」

連作を締めくくる作品は、レギュラー陣総出演の卒業旅行で始まり、南雲がある行動を決定するところで終わる。ひょっとすると、これによっていくつもの物語が終わるのかもしれないし、終わるという現実もまた物語なのかもしれない。思わずにやりとさせられる素敵なエピローグがプログラムが作った世界なのだとしたら、さらにその中にも有機素子コンピュータが存在し、プログラムされた世界があることが示唆されている。どこまで行っても終わりはないわけで、それは本書に登場するプラネタリウムや天球儀、図書館の中の模型やシェルピンスキの三角形が象徴している通りだ。

早瀬耕の作品を読んでいると、いつも「幾何学的恋愛小説」という言葉が頭に浮かんでくる。緻密な計算のもとにさらりと描かれる恋愛模様。しかし、それは決して冷たいものではなくて、温かく、血の通ったものだ。入れ子となって無限に三角形が続くフラクタル図形のように、大きな三角形を描くとともに、それ以上に途中の小さな三角形を詳しく、色彩豊かに描写する。本書は、そんな早瀬耕の特色が遺憾なく発揮された、見事な連作集である。

初出一覧

「有機素子ブレードの中」〈SFマガジン〉二〇一六年二月号／「有機素子板の中」改題
「月の合わせ鏡」〈SFマガジン〉二〇一六年六月号
「プラネタリウムの外側」〈SFマガジン〉二〇一七年八月号
「忘却のワクチン」〈SFマガジン〉二〇一七年十二月号
「夢で会う人々の領分」書き下ろし

著者略歴　1967年東京生，作家
著書『グリフォンズ・ガーデン』
『未必のマクベス』

HM=Hayakawa Mystery
SF=Science Fiction
JA=Japanese Author
NV=Novel
NF=Nonfiction
FT=Fantasy

プラネタリウムの外側《そとがわ》

〈JA1323〉

二〇一八年三月二十日　印刷
二〇一八年三月二十五日　発行
（定価はカバーに表示してあります）

著者　早《はや》瀬《せ》耕《こう》
発行者　早川浩
印刷者　青木利充
発行所　株式会社早川書房
郵便番号　一〇一 - 〇〇四六
東京都千代田区神田多町二ノ二
電話　〇三 - 三二五二 - 三一一一（大代表）
振替　〇〇一六〇 - 三 - 四七七九九
http://www.hayakawa-online.co.jp

印刷・株式会社精興社　製本・株式会社明光社

ISBN978-4-15-031323-4 C0193

本書は活字が大きく読みやすい〈トールサイズ〉です。